소중한 _______________________ 에게

_______________________ 가(이) 선물합니다.

____

파브르
곤충기

J. H. 파브르 지음

프랑스의 곤충학자이며, 박물학자로 1823년 샹 레옹에서 가난한 농부의 아들로
태어났습니다. 독학으로 사범학교를 졸업한 후에 카르팡트라스의 초등학교 교사가 되었습니다.
그 후 물리학과 수학을 더 공부해서 중학교와 고등학교에서 학생들을 가르쳤습니다. 「노래기벌의 연구」를
발표했고, 얼마 후에 아비뇽의 르키앙 박물관장에 임명되었으며, 1886년에는 레지옹 도뇌르 훈장을
받았습니다. 1878년에 유명한 「곤충기」를 출판하였고, 1910년에 린네상을 받았습니다.

엄기원 엮음

한국일보 신춘문예에 동시가 당선되어 문단에 나왔습니다. 그동안 「엄마, 행복이 뭐야?」
「예절 교실」, 「글짓기 여행」 등을 펴냈습니다. 한정동아동문학상 · 펜문학상 · 한국문학상 등을 받았으며, 교육부
국어과 편찬 심의 위원 · 문화부 우수 도서 선정 심의 위원 · 색동회 총무 이사 · 한국아동문학회 부회장
등으로 활동했습니다. 지금은 한국아동문학연구소 대표로 일하고 있습니다.

2023년 3월 10일 2판 7쇄 **펴냄**
2011년 8월 25일 2판 1쇄 **펴냄**
2004년 8월 20일 1판 1쇄 **펴냄**

펴낸곳 (주)효리원
펴낸이 윤종근
지은이 J.H. 파브르 · **엮은이** 엄기원 · **그린이** 이정진
등록 1990년 12월 20일 · **번호** 2-1108
우편 번호 03147
주소 서울시 종로구 삼일대로 457, 406호
전화 02)3675-5222 · **팩스** 02)765-5222

© 2004, (주)효리원

ISBN 978-89-281-0100-9 64840

이메일 hyoreewon@hyoreewon.com
홈페이지 www.hyoreewon.com

파브르
곤충기

J.H. 파브르 지음
엄기원 엮음 / 이정진 그림

"하하하, 고것들 참……."

어린 시절, 쇠똥구리가 똥으로 만든 경단을 거꾸로(물구나무서기 자세로) 서서 굴려가는 모습을 보면서 얼마나 재미있어 했는지 모릅니다. 그래서 한참 동안 지켜보고 있는데, 더욱 흥미로운 일이 일어났어요.

"어? 쇠똥구리는 남을 돕기도 하네!"

한 녀석이 거꾸로 서서 경단을 굴리자, 다른 친구가 나타나서 바른 자세로 끌어 주는 게 아닙니까? 그렇지만 내 생각이 잘못되었다는 것을 곧 깨달았습니다.

뒤늦게 나타난 친구는 동료가 아니었어요. 처음에는 도와주는 척하다가 주인이 한눈 팔 때나 구멍을 팔 때 경단을 훔쳐가려는 속셈을 갖고 있었던 것입니다. 처음에는 녀석들의 그런 행동을 도와주는 것으로만 알았지요.

나는 『파브르 곤충기』를 읽기를 참 잘했다고 생각했습니다.

참으로 재미있고 신비로울 뿐만 아니라, 아직껏 모르고 있었던 사실들이 책 속에 가득 들어 있거든요.

재미있는 곤충 이야기를 우리에게 선물해 준 파브르는 원래 작가가 아니라 프랑스의 곤충학자랍니다. 그런데 평생 동안 관찰한 곤충 이야기를 글로 써 놓은 것이 훌륭한 문학 작품으로 인정받은 것이지요.

『파브르 곤충기』는 파브르가 30년 동안 관찰한 곤충 이야기를 10권의 책으로 엮은 것입니다. 이 책에는 그중에서 재미나는 부분만을 간추려서 모았습니다.

어린이 여러분! 세계적인 곤충학자 파브르가 30년 동안 노력해서 쓴 것을 하루 이틀 만에 읽을 수 있다니, 우리는 얼마나 행복합니까?

서양에서는 너무 재미있어서 어른들까지도 즐겨 읽는답니다. 지금부터 어린이 여러분도 파브르가 들려주는 곤충 이야기에 빠져 보세요.

엮은이 엄 기 원

사냥의 명수 '벌'

외과 수술 박사 왕노래기벌

나는 중학교에서 물리를 가르치는 가난뱅이 교사였다. 대학교에서 학사 자격증을 여러 개 받았고, 교사로서 공로도 인정받았지만 봉급이 매우 적었다. 그래서 나는 공부하고 싶은 분야가 생기면 책을 보면서 혼자 공부할 수밖에 없었다.

그러던 어느 날, 우연히 곤충에 관한 책을 읽었다. '비단벌레를 잡아먹는 노래기벌의 습성'에 관한 내용이었다. 그 책은 당시 곤충학계에서 널리 알려진 레옹 뒤프레(프랑스의 박물학자 겸 의사, 1780~1865)가 쓴 것이었다.

나는 그 책에 빠져들면서 결심했다.

'그래, 곤충을 연구하는 거야!'

곤충을 알게 되면서 새로운 희망을 얻었다.

물론 내가 곤충에 흥미를 느낀 것은 그때가 처음은 아니었다. 어릴 적부터 벌과 나비, 딱정벌레 같은 곤충들을 볼 때마다 이상하게 가슴이 두근거렸다.

나는 노래기벌(나나니과에 속함)에 관한 뒤프레의 책을 읽고 또 읽었다. 나아가 여러 종류의 곤충을 직접 관찰해서 곤충학에 관한 연구 논문을 발표했다.

내 첫 논문은 좋은 평가를 받았다. 그 논문으로 프랑스 학사원 학술상을 받았고, 실험 생리학 상금도 받았다.

하지만 그 어떤 칭찬보다 나를 기쁘게 했던 것은, 레옹 뒤프레로부터 받은 칭찬과 격려가 담긴 편지였다.

우선 여기에 레옹 뒤프레의 논문을 소개하고자 한다. 왜냐하면, 앞으로 전개될 이야기를 이해하는 데 큰 도움이 될 수 있기 때문이다.

1839년 7월, 시골 친구가 나(레옹 뒤프레)에게 비단벌레 두 마리를 보내 주었다.

'등에랑 비슷하게 생긴 곤충이 날아가다 떨어뜨린 것이라네.'

이런 설명이 곁들여져 있었다.

이듬해 7월 어느 날, 의사인 나는 그 친구네 집에 진찰을 하러 갔다. 그 자리에서 우리는 곤충에 대한 이야기를 나누었다.

"비단벌레를 얻을 수 있겠나?"

"날씨가 흐리고 추워서……. 하지만 나가 보세나."

우리는 땅벌 집을 직접 찾아보기로 했다. 잠시 후, 우리는 두더지 흔적처럼 모래가 들춰진 곳을 발견했다.

파헤쳐 보았더니 땅속 깊이 뚫린 구멍이 있었는데, 곳곳에 비단벌레의 딱딱한 날개가 부서져 반짝거렸다.

나는 조심스럽게 구멍 둘레를 파 보았다. 그랬더니 몸이 한 군데도 다친 곳이 없는 비단벌레가 보였다.

"서너 마리가 금빛과 에메랄드 빛으로 반짝이고 있네!"

바로 그때, 흙더미 속에서 벌 한 마리가 나타났다. 나는 벌을 재빨리 낚아챘다. 비단벌레를 잡아들인 녀석이었다.

"요놈, 어디로 도망치려는 거야!"

그 땅벌은 내가 알고 있는 진노래기벌이었다. 다른 구멍을 파헤쳐 보니 애벌레 두 마리가 있었다.

나는 진노래기벌의 집 세 곳을 파헤쳐, 몸이 온전한 비단벌레 열다섯 마리와 그 밖에 많은 몸 조각을 찾아냈다. 그 결과 한 구멍에 많은 비단벌레가 묻혀 있음을 알 수 있었다.

　　나는 우리 고장의 곤충을 30년 동
안 조사해 왔지만, 야외에서 비
단벌레를 보기는 처음이었다.
　　20년쯤 전에 딱딱한 날개
를 가진 비단벌레 허리가
썩은 떡갈나무 구멍에 끼어
있는 것을 본 적이 있었다.
그래서 비단벌레의 애벌레
는 떡갈나무 속에서 산다고

생각했다. 하지만 진노래기벌은 소나무가 많은 땅에서 산다.

‘진노래기벌이 어떻게 먹이를 구했을까?’

나는 그 사실을 확인하고 싶었다.

바닷가 소나무 숲 사이에 있는 집 뜰에서 진노래기벌의 땅굴을 쉽게 발견할 수 있었다. 그 벌은 길처럼 단단하게 다져진 땅만 골라서 굴을 팠다.

진노래기벌 집과 애벌레 먹이인 비단벌레는 땅을 30~40센티미터 정도까지 파야 볼 수 있었다. 그래서 진노래기벌 구멍에 지푸라기를 넣고, 사방으로 20~30센티미터 떨어진 곳에 예정선을 그었다. 그 선을 따라 덩어리째 흙을 들어낼 수 있도록 작업을 했다.

그 다음에는 흙덩이를 뒤집어 부수었다. 이런 방법으로 나는 수백 마리의 비단벌레를 얻었다. 흙덩이를 부수어 비단벌레에 달라붙은 진노래기 애벌레나 번데기를 발견했을 때의 기쁨은 이루 말할 수 없었다.

내가 얻은 450마리의 비단벌레는 ‘여덟점박이비단벌레’ ‘두줄박이비단벌레’ ‘청비단벌레’ ‘금빛무늬비단벌레’ 같은 곤충이었다. 비단벌레가 아닌 것은 단 한 마리도 없었다.

“진노래기벌은 먹이를 찾아내는 데 단 한 번의 실수도 하지 않는구나!"

나는 감탄했다.

진노래기벌은 꽃의 꿀만 먹는다. 그런 벌이기 때문에 제 애벌레를 위해서 비단벌레만 잡아들이는 것이다.

비단벌레 종류만 잡아오는 진노래기벌의 사냥 솜씨는 참으로 신기했다. 하지만 그보다 더 신기한 사실이 있다. 그것은 땅속에 파묻힌 비단벌레가 항상 살아 있는 것처럼 싱싱한 빛깔을 잃지 않는다는 점이다.

무더운 날씨에 비단벌레를 몽땅 종이 그릇에 넣어 36시간 동안 놓아 두었는데, 창자가 조금도 상하지 않았다.

'여름철 딱정벌레는 죽은 지 12시간만 지나도 내장이 썩거나 말라비틀어지는데, 진노래기가 잡아다 놓은 비단벌레는 어떻게 보름이 지나도 싱싱함을 유지할 수 있을까?'

이상과 같은 레옹 뒤프레의 수수께끼 같은 논문을 읽고 났을 때, 나는 사냥의 명수인 진노래기벌이 일하는 것을 보고 싶어 견딜 수가 없었다.

그러던 나는 마침내 흑노래기벌을 관찰할 기회를 얻었다. '왕노래기벌'이라고도 불리는 이 벌은 비단벌레처럼 호사스런 먹이를 찾아내는 벌이 아니라 평범한 먹이를 얻는 데 만족한다. 노래기벌은 9월 중순이 지나면 땅속에 구멍을 파서 집을 짓는다. 그런 다음, 깊숙한 그곳에 애벌레가 충분한 영양을 섭취할 수 있도록 먹이를 묻어 둔다.

'레옹 뒤프레가 본 진노래기벌은 평평하고 단단한 땅에만 구멍을 판다고 했는데…….'

내가 본 왕노래기벌은 길 옆 비탈진 언덕이나 바위가 무너진 중턱만 골라서 구멍을 팠다.

'음, 벌들이 집 수리를 하는군.'

나는 굴을 수리하는 왕노래기벌을 보았다.

땅굴 지름은 엄지손가락이 들어갈 만했다.

굴의 입구인 10~20센티미터 깊이까지는 수평으로 되어 있었고, 더 안쪽으로 들어가면 구부러져 통로가 여러 갈래로 나누어 졌다. 그리고 각 통로의 맨 끝에 애벌레 방이 있는데, 방마다 대여섯 마리의 먹이가 들어 있었다.

왕노래기벌이 애벌레를 위해 잡아들인 먹이는 몸이 큰 연잎무늬바구미였다. 무게는 먹이가 벌보다 두 배나 되었다.

'살아 있는 연잎무늬바구미를 벌집 근처에 놓아 두어 보자.'

나는 이틀이나 헤맨 끝에 연잎무늬바구미 세 마리를 잡았다.

그렇지만 연잎무늬바구미가 사는 곳이 어딘지 나는 모른다. 사람이 찾지 못하는 그 벌레를 왕노래기벌은 잠깐 동안 수백 마리씩이나 찾아내는 것이었다.

아무튼 나는 벌집 구멍에서 가까운 곳에 연잎무늬바구미 한 마리를 놓아 두었다. 그 벌레가 자꾸만 도망치려고 해서 여러 번 구멍 앞에 집어다 놓았다.

'나온다!'

왕노래기벌이 커다란 머리를 내밀더니 구멍에서 나왔다. 그리고는 내가 잡아다 놓은 먹이 주변을 몇 차례 서성거리더니 입에 대지도 않고 날아가 버렸다.

왕노래기벌이 사냥하는 모습을 보려던 나는 맥이 탁 풀렸다.

'내가 잡아다 놓은 먹이가 싱싱하지 않아서 그런가?'

나는 좋은 생각을 떠올렸다.

'그래, 바로 그거야! 왕노래기벌은 구멍에서 얼마쯤 떨어진 비탈에 먹이를 내려놓고 끌어올리는 습성이 있어. 그 순간 내가 잡아온 먹이로 바꾸는 거야!'

내 생각은 딱 들어맞았다. 왕노래기벌이 잡아온 먹이를 핀셋으로 빼앗자, 화가 난 벌은 어쩔 줄 몰라 했다. 그때 내가 바꿔 놓은 먹이를 발견하고는 재빨리 움켜쥐었다.

연잎무늬바구미가 꿈틀거렸다. 왕노래기벌은 먹이가 살아 있다는 것을 알고는, 녀석을 넘어뜨린 다음 이빨로 콧등을 물어 꼼짝 못하게 만들었다.

먹이가 바둥거리기 시작했다. 그러자 벌은 다리로 먹이의 허리 아래부터 감았다. 그러고는 먹이의 첫째와 둘째 발이 달린 중간 가슴에 독침을 두세 차례 찔렀다.

독침 공격은 눈 깜짝할 사이에 일어났다. 공격을 받은 연잎무늬바구미는 꼼짝도 하지 못했다. 그 순간을 이용해 나는 연잎무늬바구미를 재빨리 바꾸었다. 위기감을 느꼈는지 왕노래

기벌은 바뀐 연잎무늬바구미를 두 발로 움켜쥐고 어디론가 날아가고 말았다. 나는 연잎무늬바구미를 살펴보았다. 침이 박힌 곳을 확인하기 위해서였다.

'아니, 이럴 수가…….'

나는 탄성을 지르지 않을 수가 없었다. 침이 들어간 흔적도, 액즙이나 피가 흐른 자국도 없었기 때문이었다.

나는 생각했다.

'노래기벌의 침 속에 들어 있는 독성보다 연잎무늬바구미의 어느 기관에 그 독을 주입하느냐 하는 것에 해답의 열쇠가 있을지도 몰라.'

노래기벌은 살아 있는 먹잇감을 구해 상처가 전혀 없는 싱싱한 상태로 보관한다. 노래기벌의 애벌레는 먹이가 약간만 변질되어도 먹지 않는다. 그렇다고 살아 움직이는 먹이를 굴속으로 가져갈 수는 없다.

그 부분에서 또 한 가지 의문점이 생겼다.

'다른 물체와 살짝 스치기만 해도 금세 터지고 마는 것이 노래기벌의 알이다. 그런 알과 싱싱한 먹이를 한 곳에 넣어 둔다는 것은 위험천만한 일이야.'

참으로 모를 일이었다. 애벌레를 양육하기 위해서는 죽은 듯 움직임이 없으면서도 살아 있는 것처럼 싱싱한 먹이가 필요하다. 그래야만 애벌레의 먹이가 될 수 있다.

'죽은 듯 움직이지 않으면서도 살아 있는 것과 똑같은 상태로 먹이를 보관하려면…….'

그랬다. 그 열쇠는 바로 마취제였다. 먹이의 목숨을 빼앗지 않고 움직이지 못하게 하려면 바구미를 마취시키는 방법밖에 없었다.

그런데 또 한 가지 의문점이 생겨났다.

'바구미의 갑옷은 상당히 딱딱한 편이다. 그렇다면 매우 가늘어서 잘 휘어지는 노래기의 침으로 그 갑옷을 어떻게 뚫을 수 있다는 말인가?'

바구미의 몸에는 노래기벌의 약한 침으로 뚫을 수 있는 곳이 몇 군데밖에 없다. 그곳은 바로 얇은 막으로 싸여 있는 관절 부분이다. 하지만 한 번의 주사로 모든 운동을 마비시켜야 하므로 어렵기 짝이 없다.

결국 노래기벌은 정확하게 상대방의 신경 중추(운동 능력의 중심이 되는 곳)에 침을 꽂아야 한다. 그곳은 두 군데밖에 없다. 그곳은 바로 목과 앞가슴 연결 부위와 앞가슴과 뒷가슴의 중간(첫째와 둘째 다리 연결 부위) 부분이다. 하지만 목과 앞가슴 연결 부위를 쏘기는 매우 어렵다. 그렇다면 공격할 곳은 첫째와 둘째 다리 연결 부위밖에 없다는 결론이 나온다.

'노래기벌은 대단히 영리한 곤충이구나!'

생각하면 생각할수록 신기하기만 했다.

곤충의 다리를 움직이게 하는 신경 중추는 모두 세 군데로, 가슴에 있다. 그러나 노래기벌이 신경 중추 세 군데를 차례로 공격한다는 것은 사실상 불가능한 일이다.

곤충 중에는 신경 중추 세 개가 거의 맞붙어 있는 것도 있고, 세 개의 신경 중추가 연결되어 한 개로 되어 있는 것도 있다.

결국, 신경 중추가 한 개로 되어 있는 곤충이 노래기벌의 먹잇감이 되는 것이다.

신경 중추가 한 개로 된 것은 쇠똥구리 종류이다. 그러나 쇠똥구리는 너무 커 노래기벌이 공격하거나 운반할 수 없다. 신경 중추가 아주 가까이 모여 있는 곤충 중에서 비단벌레와 바구미가 있다는 기록을 읽고 난 후에야 나는 어려운 문제를 풀 수가 있었다.

'바로 그거였어! 그래서 노래기벌이 바구미들을……'

왕노래기벌이 나에게 훌륭한 수술 방법을 알려 준 셈이었다. 그 방법으로 실험해 보았다. 한 개의 바늘로 앞가슴 연결 부위를 첫째 다리 뒤쪽으로 살짝 찔렀다. 그 다음에는 썩지 않도록 신경 중추에 부식제를 한 방울 넣어 주면 되는 것이다. 펜 끝에 암모니아를 발라 주사를 놓았다. 그랬더니 비단벌레, 쇠똥구리, 바구미 등이 완전한 효과를 나타냈다. 한 방울의 약으로 인해 모든 동작이 단번에 멈추어 버린 것이다.

그보다 더 놀라운 사실도 있었다. 내가 주사한 곤충들이 두 달이 지나도록 싱싱한 상태를 유지하고 있었다. 그것들은 조금도 움직이지 못했지만 분명히 살아 있었다.

주사 맞은 자국이 깊거나 약물이 너무 독하면 죽기도 했는데, 그것들은 2~3일이 지나면 썩기 시작했다. 그와는 반대로 약물이 너무 약하면 마취에서 깨어나 부분적으로 움직이기도 했다. 결국 아무리 영리한 노래기벌이라 할지라도 사람들처럼 수술에 실패하는 경우가 있다는 사실을 알게 되었다.

나나니벌의 비밀

3월 중순이 되어 날씨가 따뜻해지자, 벌들이 양지 쪽에서 몸을 녹이고 있었다. 모두 나나니과에 속하는 벌들이었다.

'벌의 과학적인 수술 솜씨를 한 번만 더 보았으면…….'

나나니벌을 끊임없이 살피던 나는 5월 17일에야 겨우 기회를 잡을 수 있었다. 가장 팔팔한 나나니벌이 먹이인 거염벌레를 운반해 오기 전에, 녀석은 오솔길가에 자리잡은 단단하게 다져진 자기 구멍을 세심하게 검사했다.

'으음, 먹이는 이미 마비시켜서 구멍 근처에 갖다 두었겠다?'

구멍 안에 이상이 없는 것을 확인한 나나니벌이 먹이를 놓아둔 곳으로 갔다. 그런데 이게 웬일인가! 애써 잡아온 거염벌레에 개미들이 마구 달라붙어 있지 않은가.

'나나니벌은 평소에 먹이를 높은 곳에 놓아두는데…….'

아마 먹이가 땅바닥으로 떨어진 모양이었다. 어쨌든 많은 개미들을 쫓아내기란 쉬운 일이 아니었다.

나나니벌은 하는 수 없이 새로운 먹잇감을 찾아 나섰다. 나나니벌이 먹이를 구하는 사냥터는 자신의 보금자리를 중심으로 사방 10미터쯤 되었다.

나나니벌은 활같이 굽은 더듬이로 땅 위를 샅샅이 뒤졌다. 그러나 좀처럼 거염벌레를 찾을 수 없었다.

'내가 찾아주지. 네 수술 솜씨를 빨리 보고 싶으니까.'

왕노래기벌에게 했던 방법을 쓰기로 했다. 나는 곧 조수와 가족들을 불러 거염벌레를 잡아오라고 했다.

하지만 아무도 찾지 못했다.

나나니벌 역시 끈질기게 거염벌레를 찾고 있었다.

'예리한 감각을 동원해 움직이는 나나니벌도 자신의 먹잇감을 찾지 못하다니…….'

나는 잠시 혼란에 빠졌다. 하지만 한 가지 사실이 번개처럼 뇌리를 스쳐 지나갔다.

'그래! 날씨 탓이야. 비가 올 조짐이 있어서 거염벌레들이 땅

속 깊이 들어간 거라고. 나나니벌이 후벼판 곳을 더 깊이 파보
면 틀림없이 있을 거야.'

　나는 칼끝으로 나나니벌이 후벼판 곳을 파헤쳤다. 하지만 거
염벌레는 보이지 않았다. 나는 그만 맥이 풀리고 말았다.

　그런데 나나니벌이 날아오더니, 내가 파헤친 곳을 열심히 후
벼파고 있는 것이 아닌가!

　나는 마치 사냥개를 앞세워 사냥하는 기분이었다. 그런 방법으로 나나니벌이 찾고 있던 거염벌레를 여러 마리 잡을 수 있었다.

　'나나니벌의 수술 솜씨를 꼼꼼하게 살펴봐야지.'

　눈 앞에서는 이미 엄청난 활극이 벌어지고 있었다.

　활극의 첫 번째 단계로, 나나니벌은 거염벌레의 목덜미를 구부러진 주둥이로 물었다. 거염벌레는 동그랗게 몸을 말더니, 굽혔다 폈다 하면서 세차게 반항했다. 그러나 나나니벌은 침착하게 몸을 옆으로 비키면서 먹이가 깔리지 않게 조심했다.

　드디어 침을 찔렀다. 거염벌레의 머리와 첫째 마디가 이어진 곳의 가슴 한복판, 즉 살갗이 제일 약한 데 침을 찌른 것이다. 그 독침은 예상했던 것보다 오랫동안 꽂혀 있었다.

　그 이유는 거염벌레에게 큰 타격을 주어 다루기 쉽게 하기 위해서가 아닌가 하는 생각이 들었다.

　다음은 두 번째 단계다.

　나나니벌이 거염벌레에서 떨어져 나왔다. 그러더니 배를 땅에 대고 바들바들 떨면서 나동그라졌다. 그리고는 발을 뻗었다 오므렸다 하는 동작을 반복하면서 금방이라도 죽어가는 듯, 날개를 떨었다.

‘적에게 급소를 맞기라도 한 건가?’

나는 나나니벌이 무척 걱정스러웠다. 하지만 잠시 후, 나나니벌은 침착하게 날개를 털고 일어나 더듬이를 움직이며 활발한 동작으로 다시 거염벌레에게 접근했다.

그것은 거염벌레를 쓰러뜨렸다는 승리의 기쁨을 나타낸 몸짓이었던 것이다.

세 번째 단계로, 나나니벌은 거염벌레의 등을 물었다. 그러더니 배 쪽으로 방향을 돌려 둘째 마디에 침을 찔렀다. 그리고 거염벌레의 아래쪽으로 내려가더니, 등을 잡고 항문께를 누른 채 마디 마디에 독침을 찔렀다. 나나니벌의 그러한 행동은 매우 규칙적이었다. 결국 거염벌레는 가슴에 달린 세 개의 발 마디와 발이 없는 두 개의 마디, 그리고 배에 달린 네 개의 마디에 나나니벌의 독침을 맞은 것이었다. 마지막으로 남은 부분은 끝에 있는 네 개의 마디 뿐이다.

‘수술이 이렇게 손쉽게 이루어지다니…….’

나나니벌은 대단히 유능한 마취사였다. 단 한 방의 주사로 거염벌레를 꼼짝도 하지 못하게 한 다음, 여유를 갖고 나머지 작업을 마무리한 것이었다.

네 번째 단계로, 나나니벌은 입을 크게 벌려서 거염벌레의 머리를 물더니 상처가 나지 않을 만큼 자근자근 깨물었다. 그 작업은 매우 느린 속도로 20번쯤 되풀이 되었다.

한 번 깨물고 나서 거염벌레의 상태를 확인하고, 또 한 번 깨물고 하는 동작을 반복했다.

'으음, 너무 세게 깨물면 거염벌레가 죽어 버릴테니 저러는 거구나.'

나는 나나니벌의 조심스러움에 감탄하지 않을 수 없었다.

어쨌든 나나니벌의 외과 수술은 끝났다. 거염벌레는 더 이상 나나니벌의 애벌레에게 아무런 해도 끼칠 수 없는 싱싱한 먹잇감이 된 것이다.

나나니벌은 쓰러진 거염벌레를 그 자리에 둔 채, 제 집을 향해 날아갔다. 나는 조심스럽게 나나니벌의 뒤를 밟았다.

나나니벌은 빠른 동작으로 집 안 정리를 했다. 하지만 많은 시간이 걸렸다. 커다란 먹이를 들여오는 데 방해가 되는 모든 것들을 정리해야 하기 때문이었다.

모든 것을 깨끗하게 정리정돈한 나나니벌은 다시 거염벌레가 있는 곳으로 날아갔다. 그런데 이게 웬일인가! 뒤따라가 본 나는 크게 실망했다.

'저런, 나나니벌이 정성껏 마련해 놓은 애벌레의 먹이인 거

염벌레에 개미 떼가 또 달라붙었네…….'

두 차례에 걸쳐 계속된 실패였다.

빗방울이 떨어지기 시작하면서 나나니벌은 더 이상 사냥할 수 없었다. 그날의 내 관찰 또한 거기에서 멈출 수밖에 없었다. 그 후로도 나는 끈기 있게 나나니벌을 관찰했다.

새로운 안식처를 만들기 위해 구멍을 파던 나나니벌은, 해가 질 무렵이 되자 돌로 구멍 입구를 단단히 막은 다음 집으로 돌아갔다.

'나나니벌은 매사에 철처한 성격을 가졌구나!'

그런데 나나니벌이 돌아가고 얼마 지나지 않아 세찬 바람과 함께 날아온 잡동사니가 공사장 주변을 알아볼 수 없을 만큼 흐트러 놓았다.

이튿날, 나는 일찌감치 그곳으로 가 보았다.

'어떻게 저런 일이?'

전혀 다른 모습으로 변해 버린 공사장에 나나니벌이 찾아온 것이다. 나는 나나니벌이 인간의 기억력보다 더 정확한 방법으로 방향과 장소를 가려 낼 수 있다는 사실을 알았다.

나는 아침 10시쯤, 비탈길에서 작업하는 왕노래기 암벌 열두 마리를 잡았다. 그 벌을 각각 다른 봉지에 담아서 한데 뭉쳐서 어두운 상자 안에 넣었다. 그것을 2킬로미터쯤 떨어진 곳으로 옮겨 보았다. 하지만 벌들은 봉지를 열자마자 아무런 거리낌도 없이 모두 제 집 방향으로 날아가는 것이었다. 물론 그 벌들을 날려 보내기 전에 나는 그 벌들을 다른 벌들과 구별하기 위해 물감으로 점을 하나씩 찍어 두었다. 그리고 한나절이 지난 후, 나는 그 벌들이 살고 있는 곳으로 가 보았다. 많은 벌들 가운데 가슴에 점이 찍힌 벌 몇 마리가 열심히 일을 하고 있었다.

나는 다시 아홉 마리의 암벌을 잡아 똑같은 방법으로 실험을 했다. 다만 거리를 더 늘려 3킬로미터쯤 떨어진 곳으로 정했

다. 그리고 벌을 봉지에 가둔 채 하룻밤을 재웠다.

이튿날 아침 8시쯤, 나는 벌들의 가슴에 점을 두 개씩 찍어 놓아 주었다. 벌들은 모두 힘차게 날아갔다.

다음 날, 가슴에 점 두 개가 찍힌 벌 다섯 마리가 다른 벌들과 섞여 부지런히 일을 하고 있었다.

나는 다음의 두 가지 사실을 증명하기 위해 실험을 했다.

그 하나는 '벌레의 능력은 얼마나 정확하고 예민한가' 하는 문제였고, 두 번째는 '환경이 달라진 상태에서는 그 능력이 어떻게 작용하는가' 하는 것이었다.

왜코벌 한 마리가 자신의 안식처인 땅굴에서 나왔다. 그 벌은 뒷발로 흙을 쓸어 모아 출입구(구멍)를 막은 다음, 사냥을 하기 위해 길을 떠났다.

'조금 있으면 왜코벌이 먹이를 가지고 날아와서 그 출입구를 정확하게 찾아내겠지.'

나는 왜코벌이 제 집을 찾지 못하도록 출입구 주변 모습을 바꾸었다. 출입구 밖에 손바닥 만한 납작한 돌을 덮어 놓았다. 또 그 위에 말똥을 잘게 부수어서 10센티미터 정도의 두께로 덮어 놓았다. 그밖에도 여러 잡동사니를 마구 늘어놓았다.

'벌은 여러 가지 장애물과 이상한 냄새가 나는 제 집 출입구

를 찾아 들어갈 수 있을까?'

그것은 매우 흥미로운 일이었다.

나는 결과를 지켜보았다. 그런데 왜코벌이 날아와서 장애물을 헤치고 출입구를 정확하게 찾아내는 것이 아닌가!

'벌의 능력은 물건을 보는 관찰력이나 기억력 때문이 아니다. 냄새를 맡는 후각에 의한 것도 아니다.'

그렇다면 출입구를 알려 주는 그 무엇이 있을 것이었다.

'그 무엇이란 혹시 더듬이가 아닐까?'

그렇게 생각한 나는 당장 실험을 해보았다. 왜코벌을 잡아서 더듬이를 자른 다음, 약간 떨어진 곳에 놓아 주었다.

하지만 왜코벌은 정확하게 날아와서 제 집 출입구를 찾았다. 네 차례에 걸쳐 출입구 둘레 모습을 바꾸어 실험해 보았지만, 더듬이가 잘린 왜코벌은 한 번도 속지 않았다.

'왜코벌은 어떻게 방향과 장소를 알아낼 수 있을까?'

나는 다른 방법으로 실험을 해보았다.

칼끝으로 왜코벌 집의 흙을 조심조심 긁어내 땅속 굴이 환하게 드러나 보이도록 했다. 굴의 깊이는 약 20센티미터쯤 되었으며, 조그만 도랑으로 되어 있었다. 나는 왜코벌이 덮어 놓고 간 출입구의 모래를 치우고 문도 열어 놓았다.

왜코벌의 애벌레는 먹이 한가운데에 누워 있었다.

'어미가 돌아오면 햇볕 아래 드러난 집을 보고 어떻게 할까?'

무척 흥미로운 일이었다.

어미벌은 애벌레에게 먹이를 가져다 주려고 돌아와서 출입구부터 찾았다. 열려 있는 곳으로 들어가지 않고 한 시간 동안 땅을 파 보고 쓸어 보곤 했다. 나가면서 덮어 놓은 출입구를 찾으려고 애쓰는 것이었다.

어미벌은 열려진 출입구에서 멀리 가지 않고, 그 주변을 끊임없이 맴돌고 있었다.

한편, 연한 살갗에 싸인 애벌레는 뜯어먹던 먹이 위에서 따가운 햇볕 때문에 몸을 비틀었다. 그래도 어미벌은 애벌레를 돌보지 않고 출입구만 찾고 있었다.

'왜 새끼가 있는 쪽으로 바로 가지 않는 거지?'

어미벌은 한참을 헤매다가 마침내 드러난 도랑으로 들어갔다. 화가 났는지, 이쪽 저쪽 벽에 마구 몸을 부딪치며 나아갔다. 뒷걸음질치기도 하고, 우두커니 서 있기도 하다가 애벌레가 있는 곳으로 가기도 했다.

'제 새끼를 보고 어떻게 할까?'

아무리 시간이 지나도 어미벌은 애벌레를 알아보지 못했다.

어미벌은 바쁘게 왔다갔다하면서 벌거숭이인 제 새끼를 마구 짓밟아 대기만 했다. 그러다가 귀찮으면 발로 차 버렸다.

'어? 애벌레가 반응을 하네!'

애벌레가 어미벌의 발목을 물고 늘어졌다. 그러자 어미벌은 거세게 애벌레를 밀치고는 날아가 버렸다.

'왜코벌은 무엇을 찾았던 것일까?'

말할 것도 없이 어미벌은 자기 자식인 애벌레를 찾는 게 목적이었다. 그래서 애벌레에게 가기 위해 제 집 굴로 들어가야 했고, 굴에 들어가기 위해 출입구를 찾아야 했다. 왜코벌은 제 머리로 받으면 모래가 허물어지고 문이 열리는 그런 출입구를 찾고 있었던 것이다.

'어미벌의 행동은 한 줄로 이어진 톱니바퀴 같은 것이었어.'

톱니바퀴는 하나하나 아귀가 맞아야 제구실을 한다.

어미벌이 애벌레를 알아보지 못한 것은 출입구가 없어졌기 때문이고, 그 결과 다음 동작으로 이어질 수가 없었던 데 있었다. 연결 고리가 끊어져 버렸기 때문에 자신의 자식인 애벌레를 알아보지 못한 것이다.

자신이 만든 출입구가 아니었기 때문에…….

약탈을 일삼는 '붉은병정개미'

남의 새끼를 노리는 침입자

내 연구소에는 붉은병정개미도 있다. 붉은병정개미는 한 마디로 노예 사냥꾼이다. 새끼를 기를 줄도 모르고, 먹이를 찾을 줄도 모른다. 게다가 먹이가 코앞에 있어도 차지할 줄 모르니, 얼마나 답답한 곤충인가.

붉은병정개미들에게는 우선 먹이를 입에 넣어 주고 집 안 일을 보살펴 줄 하인이 필요했다. 그래서 붉은병정개미는 남의 새끼를 훔쳐다 자기 집 하인으로 부려먹는다.

그런데 남의 새끼를 어떻게 훔쳐오는 것일까?

의외로 간단하다. 붉은병정개미들은 부근의 종류가 다른 개미집을 습격해서 번데기를 빼앗아온다. 그 번데기가 자라 개미가 되면 붉은병정개미들의 하인 노릇을 하게 되는 것이다.

'요놈들이 또 약탈을 하러 가는구나.'

나는 6~7월 무더운 여름철에 이 약탈자들이 자신들 집에서 나와 원정길에 오르는 것을 자주 보아 왔다.

그 대열은 5~6미터의 길이로 뻗어 있다. 그들은 특별한 사건이 일어나지 않는 한 매우 질서 있게 행동한다.

'저 앞에 이상한 게 있다!'

만일 원정 도중에 반불개미집 같은 것이라도 눈에 띄면 맨 앞에 가던 붉은병정개미들은 즉시 멈춘다. 이어 그들은 삽시간에 부근으로 흩어진다. 그와 동시에 척후병 붉은병정개미들이 나아가서 적을 확인하고 돌아온다.

'아니야, 잘못 봤어.'

그러면 대열은 순식간에 정돈이 되고 다시 전진한다.

나는 그들의 대열을 따라 가며 관찰했다. 붉은병정개미들은 정처 없이 나아가다가 드디어 반불개미집을 발견했다.

"돌격!"

약탈자들은 한꺼번에 습격했다. 번데기들이 죽 누워 있는 침실로 쳐들어간 것이다.

그리하여 개미들의 땅속 궁전에서 번데기를 물고 나오려는 붉은병정개미들과 침략자를 무찌르려는 반불개미들 사이에 치열한 싸움이 벌어진다.

싸움은 당연히 붉은병정개미가 이긴다.

붉은병정개미들은 제각기 번데기 하나씩을 입에 물고 자신들 집으로 돌아온다.

나는 언젠가 붉은병정개미 원정대가 정원 밖으로 나가는 것을 또 한 번 보았다. 그 행렬은 무려 4미터나 되는 담을 넘었다. 길이 아무리 험하다 할지라도 붉은병정개미들에게는 문제가 되지 않는다.

그런데 재미있는 사실 하나를 더 발견했다.

약탈한 번데기를 입에 물고 올 때는 반드시 갔던 길로 되돌아오는 것이었다. 붉은병정개미들은 아무리 위험해도 전진해 간 길로 되돌아온다. 결코 길을 바꾸지 않는다.

나는 붉은병정개미들이 낙엽 쌓인 곳으로 나아가는 것을 보았다.

"허, 녀석들 고집이 대단하군!"

낙엽 위를 걷는 것은 붉은병정개미들에게 절벽처럼 험한 길이었다. 자꾸만 미끄러지고 구르기도 했으며, 바삭거리는 잎에 매달려 아슬아슬한 곡예도 했다. 그러면서 기어이 그 길

을 빠져나갔다.

얼마 뒤, 입에 뭔가를 문 붉은병정개미들이 여전히 그 길로 돌아오고 있었다.

'방향을 조금만 바꿔도 평지인데…….'

어느 날, 나는 연못 가장자리에 둘러놓은 시멘트 길을 따라 원정을 떠나는 붉은병정개미 대열을 발견했다. 그 연못에는 금붕어가 살고 있었다.

그런데 갑자기 몰아친 돌풍 때문에 많은 붉은병정개미들이 연못 속으로 곤두박질쳤다. 금붕어들은 이게 웬 떡이냐는 듯 허우적거리는 개미들을 삼켜 버렸다.

'많은 개미가 빠져 죽었으니, 다른 길로 돌아오겠지.'

나는 그렇게 생각했다. 하지만 붉은병정개미들은 번데기를 입에 물고 조금 전의 그 길로 되돌아오고 있었다.

'붉은병정개미들은 왜 길을 바꾸지 않는 것일까?'

붉은병정개미들은 매번 원정지가 달라진다. 따라서 자칫하면 집을 찾지 못하는 수가 있다.

'단지 그런 이유 하나 때문에 아무리 힘들어도 낯익은 길로 되돌아오는 것인가?'

붉은병정개미는 벌들과 같은 막시류다. 벌무리에 속하는 곤충인 것이다. 그런데 붉은병정개미는 왜 벌들처럼 제 집의 방향을 알아내는 특별한 감각이 없을까?

송충이들은 집을 나와서 먹이를 찾으러 갈 때는 반드시 길에 뿌연 비단실 같은 체액을 발라 둔다. 그것을 더듬어가며 집을 찾기 위한 것이다.

그렇다면 붉은병정개미도 송충이와 같은 방법을 쓰는 것일까? 하지만 그것은 옳지 않은 생각이었다. 붉은병정개미의 몸 어디에도 그런 장치는 없었다.

'개미는 후각(냄새 맡는 감각)으로 그들의 길을 알아낸다. 항상 움직이는 더듬이로 냄새를 맡는다.'

대부분의 사람들은 그렇게 생각하고 있다. 하지만 나는 그 의견에 동조할 수 없었다. 왜냐하면 더듬이에 냄새를 맡는 기관이 있다는 게 믿어지지 않았기 때문이었다.

'붉은병정개미가 냄새를 통해 길을 구분한다는 생각을 뒤엎을 만한 실험을 해 보자!'

나는 실험을 하기 시작했다. 일곱 살 된 손녀인 뤼시에게 도움을 청했다.

길을 찾는 비결은?

뤼시는 정원을 뛰어다니며 붉은병정개미를 감시했다.

어느 날, 서재에서 글을 쓰고 있는 나에게 뤼시가 외쳤다.

"붉은병정개미들이 되돌아오고 있어요!"

나는 서둘러 달려나갔다.

영리한 뤼시는 붉은병정개미들이 지나간 길목마다 자갈을 군데군데 놓아서 표시해 두었다. 얼마 뒤에 붉은병정개미들은 자갈이 놓인 길로 돌아오기 시작했다.

나는 마당을 쓰는 빗자루로, 개미가 돌아올 길의 흙을 1미터 가량 쓸어냈다. 그리고 다른 곳의 흙을 그 위에 뿌렸다. 똑같은 방법으로 길목 네 군데를 끊어 놓았다.

‘흙에 냄새를 풍기는 물질을 분비해 놓는다면, 이제 그것이 없어졌으니 녀석들은 길을 찾지 못할 거야.’

붉은병정개미 대열이 맨 처음 끊어 놓은 지점에 다다랐다. 붉은병정개미들은 잠시 당황하는 모습을 보였다. 뒷걸음을 치다가 다시 오는 녀석도 있고, 옆으로 나가 길을 찾느라고 헤매는 녀석도 있었다. 대열의 맨 앞이 3~4센티미터 폭이던 것이 3~4미터 폭으로 늘어났다. 뒤를 따르던 붉은병정개미들이 계속 밀려오므로 길이 끊어진 곳은 더욱 혼잡했다.

그때, 용감한 붉은병정개미 몇 마리가 새로 깔아 놓은 흙 위로 올라섰다. 그러자 다른 개미들도 뒤따랐다. 붉은병정개미들은 끊어진 길목마다 작은 혼란을 일으켰으나, 결국은 모두 저희 집을 찾아 돌아왔다.

그 실험은 마치 ‘붉은병정개미는 냄새로 길을 판단한다’는 주장을 뒷받침해 주는 것이 아닌가 하는 생각이 들었다. 길이 끊어진 곳마다 붉은병정개미들이 당황하는 모습을 보였으니, 그것은 어쩌면 당연한 일인지도 몰랐다.

또 붉은병정개미들이 무사히 집으로 돌아온 것은 ‘빗자루로 길목을 쓸어낼 때, 냄새 묻은 흙이 조금이라도 남아 있었기 때문이다’라고 말할 수도 있었다. 그것도 아니라면 옆으로 치워

진 원래의 흙 냄새를 맡고 움직였다고도 말할 수 있었다.

'실험을 다시 해야겠다!'

나는 냄새를 철저하게 없애야겠다고 생각했다.

며칠이 지난 뒤, 또 뤼시가 붉은병정개미들이 원정을 간다고

전해 주었다. 이번에도 자갈로 길을 표시해 두었다.

나는 실험하기 좋은 장소를 골랐다. 그곳에 수돗물을 뿌려서 붉은병정개미들의 길을 반 발짝쯤 끊어놓았다.

그리고 물을 흘려보내 냄새가 조금도 남지 않도록 흙을 씻었다. 나아가 붉은병정개미들이 돌아올 때는 그들이 겨우 지나가도 될 만큼 약한 물줄기를 흘려보냈다.

'만일 붉은병정개미들이 똑같은 길로 돌아온다면 흐르는 물을 건너겠지?'

그런데 붉은병정개미들은 흐르는 물 앞에서 한참 망설였다. 맨 끝에 따라오던 개미들이 도착할 만큼 시간이 지났다.

붉은병정개미들은 결국 물속으로 뛰어들었다.

물에 빠져서 떠내려가는 녀석도 있고, 지푸라기를 이용해 건너는 녀석도 있고, 낙엽을 타는 녀석도 있었다. 또 어떤 용감한 붉은병정개미는 제 힘으로 헤엄쳐서 건너기도 했다.

붉은병정개미들은 생지옥 같은 곳을 기어코 통과해 제 집으로 돌아갔다.

'15분 동안 물로 냄새를 씻어내고, 물을 계속 흐르게 했기 때문에 땅에 냄새가 배어 있을 수가 없어!'

그런데도 붉은병정개미들은 결국 길을 알아내고 돌아왔다.

  '물을 뿌리고 흘리는 정도로는 없어지지 않을 만큼 강한 그 무엇이라도 있는 것일까? 그렇다면 이번에는 사람의 코로도 맡을 수 있을 만큼 강한 냄새를 길 위에 뿌린다면?'

  의구심을 해결하지 못한 나는 세 번째 실험에 들어갔다.

  붉은병정개미들이 지나간 길 한 군데를 독한 냄새가 풍기는 박하 잎으로 문질러 두었다. 또 그곳에서 조금 떨어진 데에 박하 잎을 쌓아 두었다. 돌아온 붉은병정개미들은 박하 냄새를 이상하게 여기지 않고 그대로 지나갔다. 박하 잎을 쌓아 놓은 곳에서는 잠시 주춤했으나 급히 지나가 버렸다.

  '붉은병정개미들이 냄새를 통해 집을 찾을 것이라는 이론은 터무니 없는 것이었어.'

  나는 또 한 가지 실험을 해 보기로 했다.

  이번에는 붉은병정개미들이 지나가는 곳에 널찍한 신문지를 깔아 놓고, 돌로 군데군데 눌러 놓았다. 길의 모양을 완전히 바꾸어 본 것이다. 되돌아온 붉은병정개미들은 신문지를 보자, 물의 흐름이나 박하를 만났을 때보다 훨씬 더 당황해했다. 척후병들이 옆으로 달려나가기도 하고, 신문지 위에서 앞으로 가다가 다시 되돌아가는 등 야단이었다. 그러다가 개미 대열은 신문지에 덮인 길이 자신들이 지나갔던 길인 것을 알아차

리고 질서 있게 지나갔다.

　나는 붉은병정개미들의 앞길에 또 하나의 장애물을 설치해 놓았다. 누런 모래를 뿌려서 길을 끊어 두었던 것이다. 신문지를 깐 곳보다는 덜 당황하고 시간을 조금 끌었으나, 붉은병정

개미들은 야단법석을 떨다가 그곳을 통과했다.

'붉은병정개미들이 무척 당혹스러워하는 것을 보면, 냄새로 길을 알아내서 집을 찾아가는 게 아니라는 사실은 증명된 셈이야.'

실험을 통해 내가 내린 결론이었다.

'그렇다면 붉은병정개미는 과연 어떤 감각을 이용해 길을 알아내는 것일까?'

그것은 시각(눈으로 보는 감각)이었다. 붉은병정개미들은 자신들이 지나왔던 길의 모양이 달라질 때마다 몹시 당황해했다. 또한 길의 모양이 바뀔 때마다 붉은병정개미들은 걸음을 멈추고, 그 이유를 찾아내기 위해 주변을 열심히 살피곤 했다.

'그래, 틀림없어. 붉은병정개미들은 시각을 이용해 길을 알아낸 거야!'

붉은병정개미들의 시력은 바로 눈앞의 것밖에 볼 수가 없는 근시였다. 하지만 그들에게는 기억력이라는 무기가 있었다.

'붉은병정개미의 뛰어난 기억력!'

과연 그들의 기억력은 어느 정도일까?

나는 그것을 알지 못했다. 하지만 자신들이 한 번 지나친 곳은 정확하게 기억하고 있다는 사실은 증명할 수 있었다.

붉은병정개미를 이끄는 것은 확실히 시력이었다. 그것은 한 번 본 것을 외워 둘 수 있는 기억력이 뒷받침해 주었다. 또 그 기억력은 2~3일까지도 지워지지 않을 만큼 매우 뛰어났다. '붉은병정개미가 전혀 낯선 곳에 있다면 어떻게 행동할까? 벌처럼 방향을 찾는 감각이 발달해서 제 집이나 동료들의 대열로 돌아올 수 있을까?'

이 궁금증을 풀기 위해 나는 다시 새로운 실험에 들어갔다. 붉은병정개미집 근처에 있다가 사냥에서 돌아온 녀석 한 마리를 나뭇잎으로 납치해, 행렬에서 2~3미터 떨어진 곳에 옮겨 놓았다. 그랬더니 그 붉은병정개미는 방향을 완전히 잃고 헤매었다. 그러나 사냥한 번데기는 입에 꼭 물고 있었다.

'친구들이 있는 곳 가까이 가다가 엉뚱한 데로 가는군.'

대열에서 불과 2~3미터밖에 떨어지지 않았는데도 길을 못 찾고 헤매었던 것이다. 외톨이가 된 그 붉은병정개미는 반 시간 동안 헤매다가 엉뚱한 곳으로 가 버렸다.

붉은병정개미는 벌에 속하는 곤충이면서도 방향을 찾을 수 있는 육감을 지니지 못한 것이 확실했다. 장소를 외우는 기억력 외에는 아무것도 지니지 못했다.

배가 검은 '독거미' 이야기

벌과 격투하는 독거미

"아이, 징그러워! 재수 없어."

거미를 본 사람들은 이런 반응을 보이며 피하거나 짓밟아 버린다. 물론 거미는 생김새가 사랑스럽다거나 호감을 주는 존재는 아니다.

그러나 거미는 세상의 그 어떤 동물보다 그물짜기를 잘한다. 또한 사냥의 귀재다. 거미는 그 밖에도 여러 가지 재미있는 이야기를 많이 가지고 있다. 그런 까닭에 곤충을 연구하는 학자들은 거미들에게 많은 관심을 보이고 있다.

거미는 독을 가지고 있다. 그래서 사람들이 더 싫어한다. 하지만 그것은 지나친 생각이다. 보통 거미는 자신이 쳐 놓은 거미줄에 걸린 벌레를 기절시킬 만큼의 독을 갖고 있다. 따라서 사람에게 피해를 입힐 정도는 아니다.

다만 독거미 몇 종류는 경계해야 한다. 그중에서도 코르시카 섬 농부들을 두려움에 떨게 하는 '마르미니아트털거미'의 독이 가장 강력하다. 나는 마르미니아트털거미가 좁은 길 옆에 그 물을 쳐 놓고는 자신의 몸집보다 훨씬 더 큰 벌레를 사냥하는 광경을 본 적이 있다. 녀석은 울긋불긋한 점이 있는 검정 벨벳 치마를 걸치고 있었다. 자칫하면 사람의 목숨까지도 앗아갈 수 있는 거미도 있다.

아야치오 지방과 보니파치오 근방에 사는 거미가 무섭다는 사실은 이미 널리 알려져 있다. 물리면 미친 사람처럼 춤을 추게 하는 거미도 있다. 다란추르거미에 물리면 발작을 일으켜서, 마치 춤을 추는 것처럼 몸을 움직이는데, 그 병을 '다란추르병'이라고 한다. 그 병에는 약이 없다고 한다. 치료 방법으로는 음악의 힘을 빌려야 하는데, 아픔을 잊게 하는 노래가 있다는 것이다.

나는 그런 여러 가지 소문을 듣고 직접 조사를 해 보고 싶었다. 모두가 허황된 것만은 아니라는 생각이 들었다.

나는 우리 고장에 있는 '배가 검은 독거미'를 관찰하기로 했다. 그 독거미의 별명은 '나르본느 주머니거미'라고 한다. 배는 검정 벨벳 빛을 띠고, 그 아래쪽은 갈색 무늬가 있으며, 다리에는 회백색 얼룩무늬를 갖고 있었다.

나르본느 주머니거미는 자갈 섞인 메마른 땅에서 산다. 알마스에 있는 내 연구소에는 이 독거미 구멍이 20군데쯤 있다. 구멍 속을 들여다보면 다이아몬드 같은 네 개의 큰 눈이 있어서, 마치 두 쌍의 망원경이 번뜩이는 것 같다.

독거미가 사는 집은 약 30센티미터의 땅속이다. 그 구멍은 수직으로 내려가다가 갈고리 모양으로 구부러져 있다. 구멍의 지름은 약 3센티미터쯤 되고, 출입구에는 구멍을 둘러싼 울타리가 있다.

울타리는 여러 가지 나뭇잎이나 지푸라기 등 독거미가 쉽게 옮길 수 있는 재료로 되어 있다. 울타리 높이도 여러 가지인데, 어떤 것은 높이 3센티미터쯤 되는 망루를 만들기도 한다.

바이비(이탈리아의 의사 1668~1706) 씨는 우리에게 독거미 잡는 법을 가르쳐 주었다. 그는 구멍 밖에서 꿀벌 소리를 흉내 내면 독거미가 나온다는 것이었다.

나는 그가 가르쳐 준 대로 해 보았지만 실패했다. 내 흉내가 서툰 모양이었다. 아니, 독거미는 내가 생각했던 것보다 훨씬 더 음흉하고 능청맞았다.

벌 소리가 나자 구멍 위로 살짝 올라와 보고는 단번에 내 계략을 눈치챘던 것이다. 거미는 결국 구부러진 구멍 속으로 자취를 감추고 말았다.

나는 다른 방법을 썼다. 독거미가 큰 입을 벌리고 깨물 수 있도록 부드러운 이삭이 달린 풀줄기를 구멍 깊이 들이밀었다. 미끼가 달린 낚싯대를 밀었다 당겼다 하면서 이리저리 흔들었다. 그러자 화가 난 독거미가 이삭을 깨무는 듯한 느낌이 내 손으로 전달되었다.

독거미는 담벼락에 발을 버티며 이삭을 살살 잡아끌었다. 나도 조심스럽게 풀줄기를 잡아당겼다.

나의 유인 작전에 따라 독거미가 구멍 입구까지 따라왔다.

'독거미 눈에 띄지 말아야지.'

사람이 눈에 띄기만 하면 독거미는 물었던 이삭을 버리고는 구멍 속으로 들어가 버릴 게 틀림없었다. 나는 비켜 섰다. 그리고 독거미는 출입구까지 끌려나왔다. 조심성 많은 녀석을 생포하기 위해서는 동작이 빨라야 한다.

'에잇!'

독거미가 땅 위로 머리를 내미는 순간, 미끼를 홱 잡아챘다.

내 기습에 놀란 독거미는 이삭을 문 채 구멍 밖으로 나올 수밖에 없었다. 나는 독거미를 꼬챙이로 몰아 봉지에 넣었다. 내 첫 거미 사냥은 이렇게 성공했다.

이삭 끝을 물고 늘어진 독거미를 구멍 밖으로 끌어내려면 보통 인내로는 안 된다. 나는 새로운 사실을 깨달았다. 그래서 나는 독거미 사냥에 좀 더 쉬운 방법을 택했다.

우선 뒝벌을 한 마리 잡아서 주둥이가 넓은 유리병 안에 넣고 독거미 구멍 위에 거꾸로 세워 보았다. 억세기 이를 데 없는 뒝벌은 병 안에서 윙윙 날아다니더니 독거미 집 속으로 들어갔다. 말하자면 뒝벌은 제 발로 저승길에 들어간 셈이었다.

말할 것도 없이 집 주인인 독거미가 가만히 있을 리 없었다. 둘은 죽음을 건 싸움을 벌였다. 뒝벌이 요란하게 날개를 퍼득이는 소리가 나더니 얼마 후에 잠잠해졌다.

'싸움이 끝났구나.'

나는 유리병을 치운 다음, 핀셋으로 죽은 뒝벌을 살살 끄집어냈다. 그러자 독거미는 굴러들어온 먹이를 빼앗길 수 없다는 듯 구멍 밖까지 따라나왔다.

나는 뒝벌을 출입구 근처에 놓았다. 그것을 본 독거미가 구멍 밖으로 엉금엉금 기어 나왔다. 제 먹이를 되찾으려는 것이

었다.

"잡았다!"

나는 기회를 놓치지 않고 녀석을 생포했다. 독거미를 전보다 훨씬 쉽게 사로잡은 것이다.

독거미는 억센 사냥꾼이다. 새끼를 위해 사냥을 하는 게 아니라 오로지 제가 먹기 위해 사냥을 한다. 살아 있는 곤충을 한입에 삼켜 버리는 독거미다.

독거미가 먹이로 삼는 것은 싱싱하고 온순한 곤충만이 아니다. 억센 턱을 가진 큰 메뚜기 무리와 난폭한 장수말벌, 꿀벌이나 뒝벌 같은 곤충을 사냥하기도 한다. 특히 독침을 가진 벌레들이 독거미의 함정에 곧잘 걸려든다. 독이 있는 두 개의 억센 이빨을 가진 독거미와 독을 바른 날카로운 침을 휘두르는 장수말벌이 싸우면 어느 쪽이 이길까?

독거미와 장수말벌의 대결은 그야말로 목숨을 건 치열한 싸움이다. 독거미는 이빨로 무는 것 외에는 적을 공격하거나 방어할 재주가 없다. 호랑거미는 커다란 그물에 걸린 먹잇감을 보면 쫓아가서 명주실 같은 거미줄로 꼼짝 못 하게 친친 감아 버린다. 그리고 나서 독이 있는 송곳니로 깨물어 포로를 완벽하게 제압한다.

독거미는 힘센 상대방을 만나도 용감하게 달려든다. 다리로 상대를 꽉 누르고 잽싸게 급소를 물어 눈 깜짝할 사이에 쓰러뜨린다. 구멍으로 들어간 뒁벌도 그렇게 죽은 것이다.

'빨리 꺼내 보면 살아 있을지도 모른다.'

뒁벌의 날개치는 소리가 그쳤을 때 아무리 빨리 핀셋으로 꺼내 보아도 죽어 있었다. 다리가 가늘게 떠는 것은 방금 목숨이 끊어졌다는 것을 증명하는 것이다.

나는 독거미의 상대로 가장 큰 장수뒁벌을 골랐다.

장수뒁벌이 다른 벌레에게 준 상처는 독거미가 가한 상처처럼 무섭다. 그런데도 독거미가 항상 이기는 것은 어찌된 일인가. 독거미는 제 몸에 조그만 상처 하나 내지 않고 짧은 시간 내에 격투를 끝내는 것이다.

'그렇다면 독거미에게 과학적인 전술이 있는 것일까?'

독이 아무리 강하다 하더라도, 그처럼 짧은 시간에 엄청난 힘을 발휘하지는 못할 것이다. 방울뱀을 비롯한 무서운 독사도 몇 시간이 걸려야 상대방을 쓰러뜨린다. 그런데 독거미는 단 1초도 안 걸리고 해치운다. 결국 뒁벌이 즉사하는 것은 독 때문이 아니라 독거미에게 급소를 물리기 때문이다.

'뒁벌의 급소는 어디일까?'

확대경으로 뒝벌의 시체를 조사했으나 아무 상처도 찾아내지 못했다. 그 만큼 독거미의 무기는 가늘고 정밀했다.

'독거미와 벌이 격투하는 장면을 직접 내 눈으로 살펴보는 수밖에 없다.'

그래서 나는 독거미와 장수뒝벌을 병 속에 잡아넣고 싸움을 붙여보았다. 그렇지만 두 곤충은 서로 도망치려고만 했다. 아무리 지켜보아도 어느 쪽도 먼저 덤비지 않았다.

'유리병 감옥에서 탈출할 기회만 노리는구나!'

그래서 나는 밑바닥에 곤충 한 마리만 겨우 앉을 수 있는 시험관 안에 독거미와 장수뒝벌을 함께 넣어 보았다.

둘은 곧 싸움을 벌였지만 목숨을 건 치열한 것은 아니었다. 독거미는 자신의 집 밖에서는 겁을 먹는지 도무지 본격적으로 싸우려들지 않았고, 또 싸움을 좋아하는 장수뒝벌도 마찬가지였다. 나는 사무실에서의 실험을 포기하고 말았다.

들에 잇꽃들이 활짝 피었다. 그 꽃에 억센 싸움꾼으로 소문난 어리호박벌이 많이 달려들었다. 어리호박벌은 장수뒝벌보다 훨씬 커서, 몸 길이가 3센티미터나 되었다.

'어리호박벌이야말로 독거미의 적수다!'

나는 어리호박벌 몇 마리를 잡아서 주둥이가 긴 유리병에 한 마리씩 넣었다. 그 병을 독거미집 구멍 위에 거꾸로 세웠다.

어리호박벌은 유리병 속에서 윙윙거렸다. 그러자 독거미가 올라와서 기회를 노렸다. 그러다가 독거미는 위험을 느꼈는지 제 구멍 속으로 내려가 버렸다. 다른 독거미 구멍에 시험해 보았지만 마찬가지였다. 독거미가 제 구멍에서 나오려 하지 않았다. 나는 끈기 있게 기다렸다. 굶주린 듯한 독거미 한 마리가 드디어 구멍 속에서 나왔고, 눈 깜짝할 사이에 싸움이 벌어지더니 용맹스러운 어리호박벌이 죽어 넘어졌다.

'어디를 어떻게 물려 죽었을까?'

독거미의 송곳니 흔적이 어리호박벌의 목덜미와 가슴이 맞닿은 곳에 찍혀 있었다.

'독거미는 어리호박벌의 급소인 뇌신경 마디를 겨냥해서 독이 있는 송곳니로 깨물었구나.'

어리호박벌을 죽인 녀석의 솜씨에 감탄하지 않을 수 없었다.

나는 야외에서 성공한 실험을 실험실에서 다시 확인해 보기로 했다. 그래서 독거미를 기르는 사육장을 만들었다. 독거미가 깨문 부분이 벌의 신체 각 부분에 어떤 영향을 미치는가를 연구해 보고 싶었던 것이다.

나는 유리병과 플라스크 두 개에 잡아온 독거미를 넣었다.

독거미는 제 송곳니가 닿는 곳에 살아 있는 것이 있기만 해도 마구 물어뜯었다.

나는 어리호박벌을 차례로 넣었다. 독거미에게 목덜미를 물린 벌은 바로 죽었다. 하지만 몸통을 물린 어리호박벌은 아무렇지도 않은 듯이 날기도 하고 바지락거리기도 했으며, 윙윙 소리도 내었다. 그러다가 30분이 채 못되어 움직이지 않았는데, 이튿날까지도 다리를 떠는 것으로 보아 완전히 죽은 것은 아니었다. 이렇듯이 허리나 배를 물린 어리호박벌은 30분이 지날 때까지는 독침과 억센 입을 놀릴 수 있었다. 운이 나쁜 독거미는 발악하는 어리호박벌의 독침에 찔리기도 했다.

나는 독거미가 어리호박벌의 독침에 입 언저리를 찔려서 24시간쯤 뒤에 죽어 버린 것을 몇 번이나 보았다.

'그래서 독거미는 위험한 상대를 만나면 빠르고 정확하게 신경 중추를 깨물어 즉사시켜 버리는구나.'

그러지 않으면 독거미 자신의 목숨이 위태로워지기 때문이다.

나는 맨 처음 어리호박벌을 구멍 입구에 갖다 놓았을 때 독거미가 망설인 이유를 그제야 알았다.

나는 독거미가 가르쳐 준 방법대로 실험해 보기로 했다. 바늘 끝으로 어리호박벌이나 풀무치의 목덜미에 암모니아를 한 방울씩 주사했다. 그랬더니 그 곤충들은 당장 쓰러졌고, 때때로 떠는 것 외에는 아무 움직임이 없었다. 그렇다고 즉사해 버린 것은 아니다. 곤충들이 독거미에 물렸을 때처럼 즉사하지 않는 것은 무엇 때문일까? 그것은 주사한 암모니아의 독성이 독거미의 독보다 약하기 때문이다.

'그렇다면 독거미에게 물린 다른 동물의 반응은 어떨까?'

나는 겨우 날기 시작한 새끼 참새를 잡아 독거미에게 다리를 물게 했다. 참새 다리에서 피 한 방울이 떨어졌다. 물린 자리의 둘레가 빨갛게 부어오르더니 차차 보랏빛으로 변했다. 그러더니 새끼 참새는 그 다리를 쓰지 못하고 발가락을 오므린 채 절룩거렸다. 빵 조각을 뿌려 주자, 새끼 참새는 부지런히 쫓아다니며 먹어치웠다.

그런데 점점 몸이 낫는 것 같았던 새끼 참새가 이틀이 지나자 아무것도 먹지 않고 바들바들 떨다가 죽고 말았다.

다음 실험 대상은 상추밭을 파헤치는 두더지였다. 두더지는 독거미에게 콧등을 물렸다. 독거미에게 물린 두더지는 납작한 발바닥으로 물린 부분을 계속 긁어 댔다. 그러다가 독거미에게 물린 지 36시간쯤 지나자 죽고 말았다.

배가 검은 독거미는 무섭다. 정말 무섭다.

어미 등에 업혀 사는 새끼 독거미들

9월 초였다. 알주머니에서 나온 독거미 새끼들이 한 마리씩 어미 독거미의 등으로 기어 올라갔다. 새끼들이 두 겹, 세 겹 으로 어미 독거미 등을 차지하게 된 것이다.

어미 독거미는 7개월 동안 밤낮을 가리지 않고 새끼들을 등 에 업고 돌아다녔다. 마치 제 새끼들을 겉옷인 것처럼 입고 다 니는 모습이었다. 그들처럼 행복한 가족은 세상 어디에도 없 을 것 같았다. 특히 새끼들은 아주 순해서 제멋대로 굴거나 싸 우지도 않았다. 그래서 더 행복해 보였다. 등 위에 새끼들이 닥지닥지 달라붙은 어미 독거미는 마치 낡은 넝마로 옷을 해 입은 것 같았다.

어떻게 보면 몽땅 털실 뭉치 같기도 했다. 어미 독거미가 장애물에 부딪쳐서 약간만 뒤뚱거려도 등에 업힌 새끼들은 땅바닥으로 와르르 쏟아지곤 했다. 그렇다고 어미 독거미가 화를 낸 적은 한 번도 없었다.

어느 때보다 차분해진 어미 독거미는 새끼들이 다시 등으로 올라오기를 기다렸다. 그러면 새끼들은 사다리처럼 쓰는 어미 독거미의 다리를 타고 올라갔다.

나는 새끼로 뒤덮인 어미 독거미 옆에 다른 거미가 업고 있는 새끼를 떨어뜨려 보았다.

'제 어미를 찾아 올라가겠지?'

아니었다. 떨어진 새끼들은 남의 어미 등으로 올라갔다. 그래도 그 어미 독거미는 가만히 있었다.

"어? 남의 새끼도 거두어 기르네!"

어떤 녀석은 자리가 비좁아 어미 독거미 머리까지 올라가기도 했다. 그러나 오직 한 가지, 어떤 경우에도 새끼들은 어미 독거미의 눈을 가리지는 않았다.

새끼들은 어미의 눈을 가리면 저희들 모두가 위험하다는 것을 아는 모양이었다.

결국 어미 독거미가 자유롭게 움직일 수 있는 곳은 다리와

아랫배밖에 없었다.

　나는 새끼를 업은 어미 독거미 두 마리를 한 실험실 속에 넣어 살게 했다. 두 어미 독거미는 24~25센티미터 이상 간격을 두고 떨어져 있었다.

　어느 날 아침, 나는 그 두 어미 독거미가 맞붙어 싸우는 것을 보았다. 한 독거미가 넘어지자, 다른 독거미가 그 위로 올라 타 끌어안은 자세를 취했다. 그런 상태에서 두 어미 독거미는 서로 날카로운 송곳니로 상대방을 물어뜯으려 했다.

　하지만 결국은 배 위에 올라 탄 독거미가 넘어진 독거미의 머리를 깨물고 말았다. 그러고는 죽은 어미 독거미를 천천히 씹어먹었다.

　죽은 어미 독거미가 먹히는 동안, 새끼들은 어떻게 할까? 나는 궁금했다. 새끼들은 모두 이긴 녀석의 등으로 기어 올라갔다. 이긴 어미 독거미는 아무런 거부의 몸짓도 하지 않았다. 원수의 새끼들일망정 그 고아들을 거두어 키우려는 것이었다. 두 가족은 그렇게 한 가족이 되었다.

　어미 독거미는 친자식이나 의붓자식을 차별하지 않고 등에 업고 다녔다. 새끼들은 그렇게 어미 독거미 등에서 7개월 동안 우글거리며 살았다.

‘어미 독거미가 새끼들에게 먹이를 잡아 주는 것일까?’

나는 그것을 알고 싶어서 어미 독거미가 먹이를 먹을 때 자세히 살펴보았다. 그렇지만 어미 독거미가 식사할 때 새끼들은 등에 업힌 채 꼼짝도 하지 않았다. 어미 독거미가 새끼들에게 와서 먹으라고 하거나 먹다가 남은 것을 주지도 않았다.

새끼들은 어미 독거미가 무엇을 하든 관심이 없었다.

새끼독거미들은 먹이를 먹을 필요가 없기 때문이다. 그렇다면 어미 독거미의 등에 업혀 사는 7개월 동안, 새끼들은 어떻게 영양분을 섭취할까? 그것은 대단한 관심거리가 아닐 수 없었다.

‘어미 독거미의 몸에서 나오는 분비물(몸샘에서 나오는 물질)을 먹는 것일까? 아니면 기생충처럼 어미 독거미의 영양분을 빨아먹는 것일까?’

그 짐작 역시 옳지 않았다.

‘혹시 새끼들이 알로 있을 때부터 몸 안에 저장해 둔 영양분이 있을까?’

새끼 독거미는 알주머니 밖으로 나와 7개월이 지나도 태어날 때의 크기와 별로 변한 게 없었다. 그러므로 새끼들은 에너지 소모가 거의 없다고 보는 게 옳다. 오랫동안 먹지 않아도 아무 문제가 생기지 않는 것이다.

　새끼들은 운동을 할 때는 아주 기운차게 한다. 아무 먹이도 먹지 않고 그렇게 운동을 한다면 대체 그 힘은 어디서 나오는 것일까?

　동물은 태양열의 자극과 음식물 속에 쌓인 열의 자극으로 살

아간다. 이와 마찬가지로 새끼 독거미는 몸을 햇빛에 드러내 놓아 열을 얻어서 움직이는 것이었다.

어미 독거미는 배에 알주머니를 달고 다닐 때부터 뙤약볕에 그 알주머니를 쬐어 왔다. 제 집 구멍 입구에서 알주머니를 두 다리로 쳐들고 열을 골고루 쬐었다. 마치 생명을 불어넣는 듯한 모습이었다. 결국 씨눈을 깨워 준 생명의 일광욕(햇볕 쬐는 일)을 계속함으로써 새끼들이 활동하는 것이다.

새끼를 등에 업은 어미 독거미는 날씨가 좋으면, 제 집 구멍에서 기어 나와 입구에 무릎을 꿇고 엎드려 일광욕을 시켜 준다. 이때 새끼들은 움직이지 않고 가만히 있다. 그러다가 조금이라도 바람이 불면 폭풍이라도 만난 듯 놀라서 사방으로 흩어졌다가 잠잠해지면 부리나케 제자리로 돌아온다. 태양열을 마음껏 쬔 어미 독거미와 새끼 독거미는 저녁이 되면 구멍 속으로 들어간다. 새끼들이 먹이를 스스로 구할 수 있을 때까지 이런 생활을 되풀이한다.

용감한 '대모벌'

거미 사냥꾼

거미를 노리는 벌이 있다. 그 이름은 대모벌이다. 대모벌이 새끼를 위해 찾는 먹이는 바로 거미다. 벌을 잡아먹겠다고 그물을 치는 것이 거미인데, 도리어 거미를 잡아먹는 벌도 있으니 흥미로운 일이 아닐 수 없다.

대모벌이 새끼를 기를 때는 거미 종류만 먹이로 삼는다.

거미는 그물에 걸리는 곤충이라면 가리지 않고 잡아먹는다. 벌은 침이라는 무기를 가지고 있고, 거미는 독이 있는 두 개의 송곳니를 지니고 있다.

거미와 벌은 힘의 세기와 싸움 솜씨가 엇비슷하다. 어느 쪽이 더 강하다고 말할 수가 없다. 벌은 전략에 밝고 자기가 가진 침을 잘 쓰고, 거미는 상대방을 교묘하게 속이는 재주가 있다. 벌에게 날개가 있는 대신, 거미에게는 그물이 있는데 무서운 것은 몸에 지닌 독이다. 그러므로 거미 쪽이 더 유리한 조건을 가졌다고 볼 수 있다.

여러 가지 조건상 도저히 이길 수 없을 것만 같은 대모벌이 격투를 벌일 때마다 승리를 거두는 이유는 무엇일까? 뭔가 특별한 비밀이 숨겨져 있는 게 틀림없었다. 그 비밀을 나는 알고 싶었다.

내가 사는 고장에서 가장 억세고 용감한 사냥꾼 곤충을 꼽으라면 단연 대모벌이다. 대모벌은 노랑과 검정으로 얼룩진 옷을 입고 있으며, 다리가 길고 날개 끝이 검다.

얼룩무늬 대모벌이 무더위 속에서 설치고 다니는 것을 보면 누구라도 관심을 갖게 된다.

어느 날, 나는 대모벌이 배가 검은 독거미를 입에 문 것을 보았다. 그 무시무시한 먹이를 담장 밑으로 옮긴 것이다.

거기에 구멍이 있었다. 돌과 돌 사이에 자연히 생긴 그 틈바구니를 대모벌은 제 새끼들의 집으로 마련해 두었다. 대모벌은 구멍 속을 살피고 나서 독거미의 다리를 끌고 그 속으로 들어갔다.

한참 뒤에 나온 대모벌은 시멘트 부스러기로 구멍을 막고는, 어디론지 날아갔다. 대모벌이 그동안 알을 낳고 나온 것이다.

대모벌은 제 스스로 구멍을 팔 줄 모른다. 그래서 자연적으로 생긴 틈바구니를 집으로 이용하는 것이다. 문단속은 허술했다. 시멘트 부스러기로 출입구를 막아 둔 것이 고작이었다. 문단속이 아니라 바리케이드와 비슷하다고 해야 옳을 것이다. 대모벌은 성미 급한 사냥꾼이다. 독거미 사냥에는 명수지만, 집을 지을 줄 모른다.

나는 드디어 대모벌을 관찰할 기회가 생겨, 구멍 속으로 옮겨진 독거미를 꺼냈다. 대모벌이 낳은 알은 독거미 배에 붙어 있었다. 그렇지만 독거미를 꺼낼 때 알을 떨어뜨려서 애벌레가 자라는 과정은 지켜볼 수 없게 되었다.

'죽은 독거미에는 아무 상처도 없는데……'

움직이지는 않았지만 독거미는 살아 있을 때처럼 몸뚱이가 말랑말랑했다. 이것은 독거미가 움직이지 못할 뿐이지, 아직 살아 있다는 증거였다.

'이 독거미는 대모벌에게 가슴을 찔린 거야.'

독거미의 신경 계통은 가슴에 모여 있어서 독침에 찔렸다면 살아날 가망이 없는 것이다. 나는 독거미를 상자 속에 넣어 두고 살폈다. 그런데 7주일 후, 목숨이 완전히 끊어질 때까지 말랑말랑한 상태 그대로였다.

나는 대모벌과 독거미가 목숨을 걸고 싸우는 광경이 어떤 모습일지 매우 궁금했다.

'대모벌이 독거미 구멍으로 몰래 들어가서는 느닷없이 공격하는 것일까?'

그렇지는 않을 것 같았다. 만일 그렇다면 대모벌이 이기기 힘들다. 그건 오히려 자살행위에 가깝기 때문이다. 어떤 일이 있어도 대모벌이 독거미 구멍 속으로는 들어가는 일은 절대로 없을 것이었다.

'그러면 대모벌이 구멍 밖에 숨어 있다가, 독거미가 나타나면 갑자기 덤벼드는 것일까?'

독거미는 조심성이 많다. 나는 여름에 독거미가 구멍 밖으로 돌아다니는 것을 한 번도 본 적이 없다. 대모벌이 사라지는 가을이나 되어야 녀석은 많은 새끼들을 등에 업고 밖으로 나와서 슬슬 돌아다닌다.

그러므로 대모벌이 밖에서 독거미와 싸울 기회는 극히 드문 일이다. 그렇다면 대모벌과 독거미는 어떻게 대결하는 것일까? 흥미진진한 수수께끼가 아닐 수 없었다.

나는 이 수수께끼를 풀기 위해 사냥하러 다니는 대모벌을 자세히 관찰했다. 대모벌이 독거미 집에 숨어들어가는 것을 볼 수가 없었고, 또 독거미가 있을 성 싶은 곳은 얼씬도 하지 않았다.

그렇지만 주인(거미)이 없으면 대모벌은 그물을 거침없이 지나다녔다. 놀랍게도 대모벌은 거미가 뽑아내는 은실에 조금도 달라붙거나 감기지 않았다.

'주인이 없는 독거미의 그물을 지나다녀서 대체 어쩌자는 것일까?'

대모벌은 근처의 다른 그물 위에서 먹이를 기다리며 숨어 있는 독거미의 행동을 감시했다.

독거미가 올가미를 만든 집 한가운데에 앉아 있을 때는 대모벌이 곧바로 공격하지 않았다. 이와 같은 대모벌의 조심은 확실히 현명했다.

나는 독거미 사냥의 명수인 대모벌이 적을 경계하는 것을 여러 번 보았는데, 다음은 그중의 한 가지이다.

독거미 한 마리가 금작화의 작은 잎 셋으로 나뭇잎 정자를 만들고 있었다. 마치 통이 수평으로 놓여진 것같이 생긴 것이다. 그때, 대모벌이 날아와 통 한 쪽 입구에 얼굴을 디밀었다.

그러자 독거미는 깜짝 놀라서 반대쪽 입구로 달아났다. 대모벌은 급히 돌아서 반대쪽 입구로 쫓아갔다. 독거미는 또 뒷걸음질 쳐서 처음의 입구로 되돌아왔다. 또 대모벌이 그쪽으로 쫓아가자 독거미는 반대쪽으로 도망쳤다. 그렇게 약 10여 분 동안 실랑이를 벌였다. 독거미는 통 안에서 대모벌은 통 밖에서 왔다갔다 하며 숨바꼭질을 했다. 대모벌은 끝까지 통 안으로 들어가지 않았다.

오랫동안 통 안의 독거미를 쫓아다니던 대모벌은 마침내 포기하고 날아가 버렸다.

"대모벌이 독거미를 잡으려면 어떻게 해야 할까요?"

이런 질문을 받으면 대부분 이렇게 대답할 것이다.

"대모벌이 통 밖에서 왔다 갔다 할 것이 아니라 나뭇잎 통 속으로 들어갔다면 사냥할 수 있었을 것입니다."

하지만 대모벌이 통 안으로 들어갔다면 독거미에게 목덜미를 물려서 도리어 잡아먹혔을 것이다. 나는 대모벌이 안으로 들어가지 않고 밖에서 왔다 갔다 한 행동이 자신의 목숨을 살린 것이라고 생각한다.

왕거미와의 끈질긴 대결

내가 그토록 알고 싶어하던 대모벌의 비밀은 좀처럼 밝혀지지 않았다. 그런데 세월이 흐르면서 나는 우연히 수수께끼를 풀 기회를 얻었다.

내가 살고 있는 집 뜰은 흙담으로 둘러싸여 있었는데, 오래되어 허름한 편이었다. 그런데 그 흙담 돌 틈에 거미 일당이 살림을 차린 것이다.

그곳에 가장 많이 살고 있는 것은 왕거미였다. 왕거미는 검정거미라고 불리는 땅거미 종류였다. 몸이 온통 시커멓고 주둥이만 초록빛이었다. 또한 두 개의 독니는 청동으로 만든 정밀한 세공품 같았다.

왕거미는 낡은 흙담의 조용한 구석이나, 손가락 하나가 들어갈 만한 구멍만 있어도 보금자리를 꾸밀 수 있다. 녀석은 긴 깔때기처럼 생긴 그물을 치기 때문이다.

그물의 넓이는 20평방센티미터 정도였고, 담벽 곁에 쳐져 있었다. 그 그물은 벽에 뚫린 구멍과 연결되었다. 왕거미는 그물을 이용해 잡은 먹이를 담벽의 구멍 안으로 끌고 들어가 식사를 즐긴다.

녀석은 또한 가끔씩 두 다리로 몸을 가누고, 나머지 여섯 개의 다리를 구멍 입구 주위에 걸쳐 놓기도 한다. 먹이가 걸려들어 그물이 흔들릴 때, 그 방향을 알아내기 위한 준비 태세였다.

왕거미는 이처럼 그물 밑에서 먹이가 걸려들기를 끈기 있게 기다리는 것이다.

커다란 꽃등에도 아무 생각 없이 지나가다가 왕거미의 그물에 걸렸다. 걸린 꽃등에가 몸부림치자 그물이 흔들렸다.

움직임을 감지한 왕거미가 달려와서 발버둥치는 꽃등에 뒤통수를 덥석 물어 목숨을 끊었다. 그러고는 자신의 식당으로 끌고 갔다.

먹이를 사냥하는 전략과 훌륭한 도구(그물)가 있어서 왕거미는 아무리 사나운 벌레라도 잡을 수가 있는 것이다.

장수말벌이 쳐들어온다 하더라도 왕거미는 눈 하나 까딱하지 않을 거라고 말하는 사람들도 있다.

왕거미는 대단히 자신감 넘치는 곤충이다. 그 자신감은 오직

한 가지, 자기가 지닌 독을 믿기 때문이다.

왕거미의 독이 사람에게 어떤 영향을 끼치는지에 대해 생물학자 뉘제스는 다음과 같이 말했다.

손가락으로 왕거미의 등을 잡으면, 다리를 구부리고 몸을 움츠린다. 이렇게 잡으면 물릴 염려가 없고, 또 곤충이 상처를 입지 않는다. 왕거미를 도구나 옷에 놓아 보았지만 대항하지 않더니, 내 팔뚝에 놓자마자 쇠붙이 같은 초록색 주둥이로 살갗을 물어 상처를 냈다.

내가 얼른 손을 놓자 왕거미는 이빨로 살을 문 채 잠시 팔에 매달렸다가 떨어졌다. 팔에 5밀리미터 간격으로 상처가 두 군데 생겼다. 피는 나지 않았지만 물린 데가 벌개지고 굵은 바늘로 찔린 것 같은 자국이 생겼다.

물린 순간은 매우 아팠지만 5~6분이 지나자 통증이 가시기 시작했다. 살갗이 붉은빛을 띠면서 크게 부어올랐는데, 물린 자국은 4~5일 동안 남아 있었다.

이로써 왕거미의 독은 사람에게 위험할 정도는 아니라 할지라도, 매우 강한 충격을 준다는 것이 증명되었다.

생물학자 뉘제스의 결론은 왕거미의 독이 매우 강하다는 것이었다. 왕거미의 독은 다른 곤충들에게는 목숨을 빼앗을 만큼 강하다. 그런데 왕거미보다 작고 힘이 약한 대모벌이 녀석과 1 대 1로 싸워 이기는 것을 보았다. 나는 그것을 보면서 곤충의 세계도 재미나는 일들이 많이 벌어진다는 것을 알았다.

7월의 어느 무더운 오후였다. 대모벌이 사냥을 하기 위해 왕거미가 사는 흙담으로 가고 있었다. 나는 긴장하며 따라가 보았다. 왕거미도 싸움에는 강하므로 대모벌에게 호락호락 당하지는 않을 것 같았다.

대모벌은 이리저리 바쁘게 움직이며 흙담을 조사하기 시작했다. 더듬이를 약간 떨면서 날개를 잔등에 곧추세우고 비벼대기도 했다. 그러다가 그물로 가까이 다가섰다. 그와 동시에 왕거미가 구멍 밖으로 모습을 나타냈다.

왕거미는 앞발 여섯 개를 구멍 밖으로 내놓고 대모벌을 맞아 싸울 태세를 갖추었다. 녀석의 용감한 공격 자세를 확인한 대모벌은 일단 물러났다. 대모벌이 사라지자 왕거미도 구멍 속으로 들어가 버렸다.

잠시 후에 대모벌은 다시 한 번 왕거미의 구멍 앞을 지나가고, 왕거미도 다시 모습을 드러냈다. 왕거미는 몸을 반쯤 내밀고 싸울 준비를 했다. 대모벌은 또 어디론지 날아가고 왕거미는 다시 구멍 속으로 들어갔다.

이런 행동을 되풀이하자 왕거미는 대모벌을 위협했다. 대모벌이 구멍 근처를 서성거릴 때 번개같이 밖으로 튀어나온 것이었다. 깜짝 놀란 대모벌은 휙 날아가 버렸다. 왕거미도 재빨리 구멍 속으로 들어갔다. 나는 대모벌의 행동이 위험하다고 생각했다. 올가미인 그물에 발가락이 스치기만 해도 왕거미는 대모벌의 등에 송곳니를 꽂을 것이었다.

'대체 대모벌은 어떤 작전을 쓰는 것일까?'

나는 그 의문점을 풀기 위해 몇 주일 동안 흙담을 지켜보았다. 그러다가 마침내 대모벌과 왕거미의 대결을 보게 되었다.

대모벌이 번개처럼 달려들어 왕거미의 다리 하나를 꽉 물고는 구멍에서 끌어내려고 했다. 눈 깜짝할 사이에 취한 대모벌의 기습 작전이었다.

왕거미는 미처 피할 사이도 없었다. 다행히 뒷다리가 구멍 안에 달라붙어 있어서 몸을 뒤틀 수가 있었다. 그 바람에 대모벌은 물고 있던 다리를 얼른 놓고는 날아가 버렸다. 시간을 오래 끌면 끌수록 대모벌이 승리할 가능성은 그만큼 낮아질 수밖에 없는 싸움이었다.

새로운 먹이를 찾아다니던 대모벌은 다시 돌아와서 구멍 근처를 왔다갔다했다. 그러다가 갑자기 덤벼들어 왕거미의 앞다리를 물고 잡아당기며 비틀었다. 구멍 밖으로 약간 끌려나온 왕거미는 곧 되돌아 들어갔다.

왕거미에게는 안전 장치가 있었다. 그것은 로프처럼 질긴 은실이었다. 거미줄을 칠 때 사용하는 은실이 왕거미의 마지막 생명줄이었던 것이다. 대모벌은 왕거미를 구멍에서 끌어내 멀리 던져 버릴 작정이었다.

드디어 그런 광경이 벌어졌다. 기회를 노리던 대모벌이 왕거미를 힘껏 끌어당겼다. 왕거미는 이내 땅바닥으로 나가떨어졌다. 그러자 왕거미는 이상하리만치 맥을 추지 못했다. 용감하게 싸우던 때와는 달리, 발을 구부리고 땅바닥에 움츠렸다. 그러자 대모벌은 재빨리 달려들어 순식간에 수술을 해치웠다. 왕거미 가슴에 침 한 대를 놓은 것이다.

왕거미는 결국 그 자리에서 마비되어 움직이지 못했다. 나는 대모벌의 기막힌 솜씨에 감탄하지 않을 수 없었다. 대모벌은 왕거미가 구멍 밖으로만 나오면 겁쟁이가 된다는 것을 이미 알고 있었던 것이다. 따라서 왕거미를 구멍에서 끌어내기만 하면 싸움은 이미 끝난 것이나 다름이 없었다.

　끈질기게 사냥하여 먹이를 얻은 대모벌은, 왕거미를 땅 위에 놓고 흙담으로 다가가서 그물을 차례로 조사했다. 왕거미가 쳐 놓은 그물을 아무 거리낌 없이 걸어다녔다. 그러더니 대모벌은 구멍 안을 살피려고 더듬이를 디밀고 나서, 그 속으로 들어갔다.

　대모벌의 그런 용기는 아무런 위험이 없기 때문에 부릴 수 있는 것이었다. 그물을 건드려도 주인이 나오지 않는다는 것은, 분명히 안이 비어 있다는 증거였다. 만약 그 안에 다른 왕거미가 있다면 벌써 입구에 얼굴을 내밀었을 것이다.

　대모벌은 구멍 안과 밖도 조사했다. 그런 다음, 대모벌은 땅바닥에 쓰러져 있는 왕거미 곁으로 돌아가 담 옆으로 끌어다 놓았다. 마음에 드는 구멍을 좀 더 자세히 살펴보러 간 것이다. 다시 왕거미 곁으로 돌아온 대모벌은 죽은 왕거미를 절벽 같은 담벽을 뒷걸음질쳐서 2미터 정도까지 끌어올렸다. 결국 대모벌은 왕거미를 구멍 속으로 운반하는 데 성공했다. 밖으로 나온 대모벌은 시멘트 조각 두어 개를 가져다가 구멍을 막고는 어디론가로 날아갔다.

이튿날, 나는 그 왕거미 집의 구멍을 살펴보았다. 마비된 왕거미는 구멍 속에 있는 그물에 있었다. 하지만 대모벌의 알이 왕거미 등 한가운데에 붙어 있었다. 알은 색깔이 희고 통 모양처럼 생겼으며, 길이는 2밀리미터쯤 되었다.

이와 같이 대모벌은 먹이와 알을 제가 지은 집 구멍이 아닌, 왕거미의 안방에 넣어 두었던 것이다. 결국 머리를 써서 거미 사냥의 명수가 된 대모벌은 이렇듯 배짱 좋게 다른 곤충이 만들어 놓은 집을 빼앗아 자신의 새끼를 키운다.

흥미진진한 곤충 '쇠똥구리'

경단 만드는 선수들

풍뎅이 무리는 대부분 더러운 곳에 살지만 정갈한 곤충이다. 생김새가 깔끔하고 통통하며, 얼굴과 가슴에 기묘한 장식을 달고 있다. 곤충 채집을 하는 사람들은 풍뎅이 무리를 매우 중요하게 여긴다.

햇볕이 아직 뜨거워지기 전, 풍뎅이 무리는 길바닥이나 들에 널려 있는 똥 주위로 몰려든다. 여러 종류의 풍뎅이가 자기 몫을 차지하려고 열심히 일을 한다.

똥의 겉을 긁어내는 녀석도 있고, 똥 깊숙이 구멍을 파서 제 마음에 드는 부분만 골라내는 녀석도 있다. 또, 똥 아래 흙을 파고 묻어서 제 몫을 챙기기도 한다.

배가 고플 때는 당장 먹기도 하지만, 대부분의 풍뎅이들은 한 재산을 두둑이 장만해 집으로 가서 편하게 먹으려 한다.

동물의 똥 냄새는 사방 1킬로미터까지 퍼진다. 풍뎅이들은 그 냄새를 맡고 똥 주변으로 몰려든다.

풍뎅이의 움직임은 매우 어색해 보인다. 다리가 엉성해서 마치 용수철 장치로 걷는 것 같다.

작은 더듬이는 갈색이고 부채 모양으로 퍼져 있는데, 언제나 바쁘게 움직이는 것이 무엇을 찾고 있는 듯하다. 풍뎅이는 까만색 갑옷을 입고 있다.

지금까지 설명한 이 곤충은 프랑스에 살고 있는 풍뎅이 무리 중에서 가장 크고 잘 알려진 '쇠똥구리'다. 고대 이집트 사람들은 쇠똥구리를 장수의 상징으로 여겨 숭배했다고 한다.

쇠똥구리는 경단 만들기 선수다. 그렇다면 그들은 어떻게 공같이 동그란 경단을 만들 수 있을까?

쇠똥구리는 두건을 쓴 것 같은 납작하고 넓은 모자의 가장자리에 톱니 모양으로 솟아난 것들이 반원 모양으로 여섯 개가 있다. 이것을 이용해 똥을 파거나 잘게 부순다.

영양이 없는 것은 파내어 버리고, 맛있게 보이는 것만 모은다. 애벌레의 먹이로 삼을 경단은 정성을 들여 고르지만, 저희가 먹을 것은 대강 선택한다.

쇠똥구리가 똥에 구멍을 뚫고 모을 때 울퉁불퉁한 앞다리도
요긴하게 쓰인다. 앞다리는 넓적하고 활처럼 구부러졌는데,

바깥쪽에 다섯 개의 튼튼한 이가 달려 있다. 이것으로 방해물을 날려보내거나 힘든 일을 한다.

머리로 파헤친 것을 앞다리로 한 아름씩 모아서 배 아래쪽 네 다리, 즉 가운데 다리와 뒷다리 중간으로 보낸다. 뒤쪽 두 다리는 길고, 활처럼 구부러진 앞쪽에 날카로운 발톱이 있다. 그 구부러진 다리로 작은 경단을 껴안고는 요리조리 살펴서 모양을 고쳐가는 것이다.

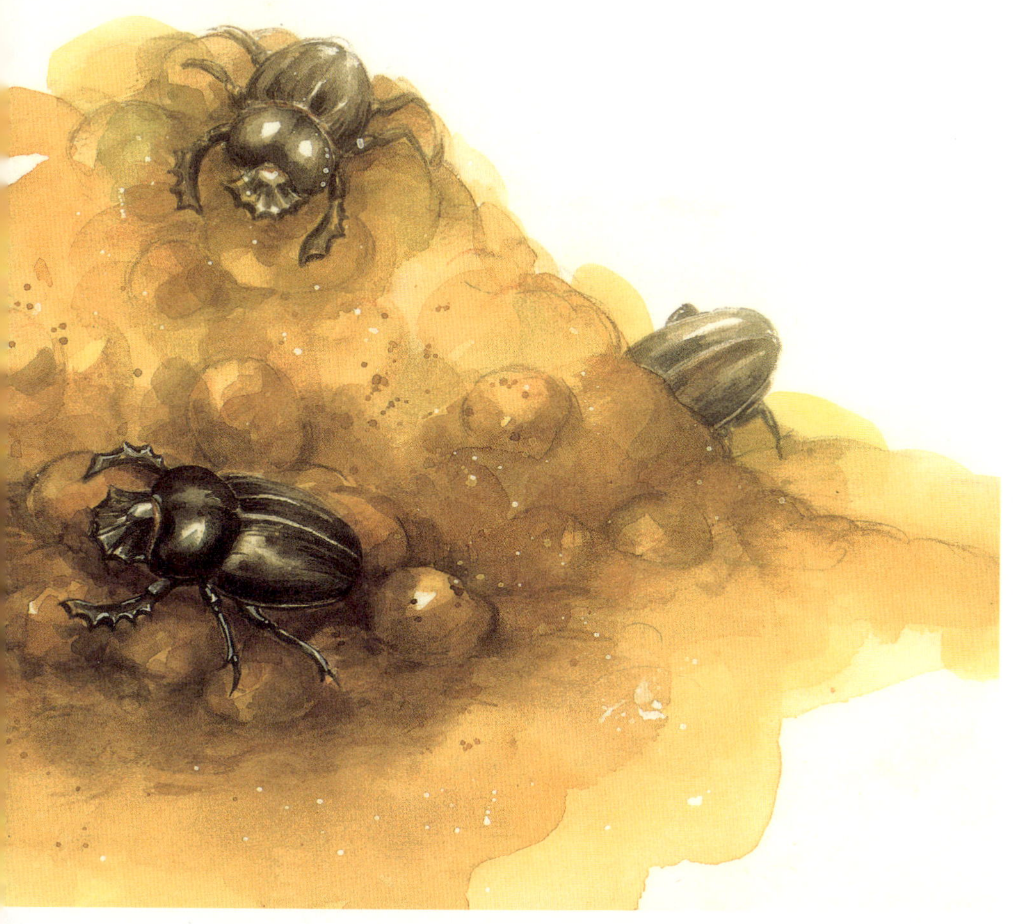

　동그란 모양을 갖춘 이 경단은 가운데 다리와 뒷다리 사이에서 빙빙 돌려지는데, 그러는 동안 완전히 동그랗게 완성된다. 경단이 떨어져나갈 위험이 있거나 찌그러질 듯하면 앞다리로 고친다.

　뜨거운 태양 아래에서는 재빨리 움직여야 하므로 일하는 속도가 매우 빠르다. 그래서 알약만 하던 것이 호두만 하게 되고, 나중에는 사과만 하게 된다. 나는 주먹만 한 크기로 만들어진 경단을 본 적도 있다.

　경단이 완성되면 우선 그것을 안전한 장소로 옮겨 놓아야 한다. 바로 그때 쇠똥구리의 습성 중에서 가장 재미있고 별난 행동을 볼 수 있다. 두 개의 긴 뒷다리로 경단을 껴안고, 그 경단에 발톱을 박아서 빙글빙글 돌릴 때 축이 되도록 한다. 몸의 중심은 가운데 다리로 잡고 톱니 모양의 앞다리를 지렛대로 써서 땅을 민다. 또, 머리는 아래로 하고 엉덩이는 위로 쳐들어서 물구나무선 자세로 경단과 함께 뒷걸음질을 친다. 뒷다리는 쉬지 않고 계속 움직인다. 경단을 운반하는 가장 중요한 역할을 맡은 것이 뒷다리인 것이다.

　뒷다리는 앞으로 갔다 뒤로 갔다 하면서 발톱 찌르기 위치를 바꾼다. 회전축을 바꾸어서 균형이 잡히게 하고, 왼쪽 오른쪽에서 계속 밀어 경단을 앞으로 나아가게 하기 위해서 그렇게 밀고 가는 동안 경단은 한층 더 동그랗게 다져지고 단단해진다.

쇠똥구리는 참으로 대단한 정열과 투지로 경단을 만들어서 굴려서 간다. 그렇다고 앞길이 무사하다고만은 할 수가 없다.

나는 쇠똥구리가 경단을 어떻게 굴리는지 살펴보았다. 쇠똥구리가 언덕길을 가로질러 가려고 했다. 그러면 경단이 떨어지는데도 쇠똥구리는 자연의 법칙을 무시해 버린다. 결국 제 생각대로 밀고 나가다가 다리를 헛디뎌서 경단이 언덕 밑으로 굴러 떨어졌다.

쇠똥구리는 경단이 떨어지는 바람에 뒤집혀서 다리를 버둥거렸다. 그러다가 황급히 일어나서 달려가 더 열심히 다리를 움직여 경단을 끌었다.

"이 미련한 녀석아, 언덕 아래의 평평한 길로 가. 그러면 경단도 쉽게 굴릴수 있을 것 아냐?"

나도 모르게 소리를 질렀다. 하지만 쇠똥구리가 내 말을 알아들을 리가 없었다. 녀석은 실패했던 언덕길로 기어이 올라가려고만 했다. 경단은 한 걸음 한 걸음씩 옮겨져서 어느 정도 높이로 올려졌다. 그러나 경단이 멈추는 듯하더니 쇠똥구리를 질질 끌면서 떨어진다. 쇠똥구리가 헛수고를 한 것이다. 그래도 쇠똥구리는 그 일을 또다시 반복한다. 언덕길을 오르다가 떨어지고, 다시 올라가고……. 수십 번을 되풀이한다. 결과는 뻔한 일이 아닌가?

'기어이 성공하든지, 그 짓이 어리석은 일이라고 깨닫고 평 평한 길을 택하든지!'

그것을 끝까지 지켜보던 나는 쇠똥구리를 응원할 수는 없었 다. 쇠똥구리는 경단 운반을 혼자 하지만은 않는다. 다른 친구 들의 도움을 받기도 한다. 이쪽에서 원하는 게 아니라 친구들 이 먼저 도와주러 온다.

'경단을 반씩 나누어 가지는 것일까?'

그런 이유 때문에 도와주는 것이 아니다. 나중에 와서 도와 주는 쇠똥구리에게는 어떤 권리도 없다.

'암수 두 마리가 가정을 꾸미려는 한 쌍인가?'

나는 그런 생각도 해보았다. 그래서 나는 한 개의 경단을 굴 리는 두 마리의 쇠똥구리를 해부해 보았다. 겉으로는 암수 구 별이 되지 않기 때문이었다. 해부한 결과, 나는 대부분 두 마 리는 수컷끼리든지 암컷끼리라는 사실을 확인했다. 결국 그들 은 가족도 애인도 친구도 아니라는 사실이 증명되었다.

몸에 밴 도둑 심보

'그렇다면 무슨 이유로 함께 일을 하는 것일까?'

그것은 순전히 뒤늦게 나타난 쇠똥구리의 작전이었다. 상대를 도와주는 척하다가 기회가 생기면 경단을 가로채 제 집으로 가져가려는 심보였다. 똥으로 경단을 만드는 일은 고되기 짝이 없는 작업이다. 그래서 완성된 경단을 가로챌 생각을 하는 것이다. 어떤 뻔뻔한 쇠똥구리는 제 힘만을 믿고 경단을 강제로 빼앗는 녀석도 있다.

나는 쇠똥구리가 경단을 도둑맞는 장면을 여러 차례 보았다. 한 마리의 쇠똥구리가 혼자 열심히 경단을 만들어 굴리고 있는데, 다른 한 마리가 와서 뒷날개를 딱딱한 앞날개 속에 접어

넣더니 앞다리로 주인을 쓰러뜨렸다. 경단을 누르고 있는 자세이므로 주인은 공격을 피할 수가 없었다. 가까스로 일어나 보니, 상대는 경단 위에서 버티고 있었다. 도둑은 유리한 위치에서 노려보고, 도둑맞은 쪽은 경단을 되찾기 위해 싸우기 쉬운 곳을 찾으려고 빙빙 돌았다. 물론 경단 위에 있는 도둑도 빙빙 돌며 싸울 태세를 취했다.

이때 주인이 경단 위로 기어오르려고 하면, 도둑은 앞다리로 상대를 내동댕이쳐서 뒤집어 놓는다. 전술을 바꾼 주인은 갑자기 몸을 돌려 경단 밑에 구덩이를 파기 시작했다. 경단과 함께 도둑을 뒤집어 놓으려는 것이다. 주인의 전술대로 경단이 흔들리고 도둑이 떨어졌다.

그러자 훔친 녀석과 도둑맞은 녀석이 맞붙어 싸웠다. 서로 다리를 휘감고 투구를 부딪쳐가며 날카로운 소리를 냈다. 그러다가 상대방을 뒤집어 놓은 자가 경단 위로 올라갔다. 이렇게 싸움이 계속되는데, 이긴 자가 경단을 굴려 운반해 가는 것이다.

쇠똥구리들이 도둑질하는 것은 습성이 되어 버렸다. 남의 음식인 경단을 빼앗는 뻔뻔스러운 짓은 다른 곤충들에게서는 찾아볼 수가 없다.

　　그러면 ‘경단을 굴리는 두 마리의 쇠똥구리’에 대해 알아보자. 얼핏 보면, 경단을 굴리는 두 마리는 힘을 합쳐 일하는 것 같다. 그렇지만 한 쪽은 스스로 도와주겠다고 온 쇠똥구리고, 한 쪽은 원래의 주인이다. 주인은 도와주러 온 녀석에게 생트집을 잡히기 싫어서 묵묵히 도움을 받아들인다. 도와주는 쪽은 겉으로는 친절하기 그지없다. 하지만 속셈은 여차 하면 경단을 가로채려는 것이다.

　　이 두 마리의 쇠똥구리는 경단을 운반하는 자세가 정반대이다. 먼저 위쪽을 차지한 주인은 뒷다리를 높이 들어 머리를 아래쪽으로 한 자세로 뒷걸음질치며 밀고 나간다. 도와주려고 나타난 쇠똥구리는 경단 앞쪽에서 주인과는 반대 자세를 취한다. 머리를 위로 하여 앞다리를 경단에 얹고, 긴 뒷다리는 땅에 대고 있는 것이다. 결국 경단은 주인에 의해 앞으로 밀리고, 도와주는 쪽에 의해 당겨져서 운반된다.

　　그렇다면 이들이 힘을 합해 작업을 하기 때문에 경단이 수월하게 움직일 수 있을까? 혼자가 아닌 둘이 옮기기 때문에 그럴 것 같지만, 밀고 당기는 호흡이 잘 맞지 않는다. 도와주는 쇠똥구리는 나아가는 방향으로 등을 돌리고 있고, 주인은 경단에 막혀서 앞이 잘 보이지 않기 때문에 계속해서 사고가 일어난다. 우스꽝스럽게 공중제비를 되풀이하기도 한다. 그래도 쇠똥구리는 급히 처음의 위치로 되돌아간다.

평지에서는 호흡이 더욱 맞지 않는다. 도와주는 쇠똥구리는 주인이 경단을 굴리는 데 방해가 될 듯 싶으면 일을 멈춘다. 그렇다고 소중한 경단을 내버려 두는 게 아니라, 다리를 배 아래쪽에 집어 넣고 경단에 납작하게 붙는다. 경단과 한 덩어리가 되어 주인이 미는 대로 굴러간다.

평지를 벗어나 언덕길에 오면 도와주는 쇠똥구리는 다시 힘을 합친다. 언덕 길 위쪽에 서서 경단 앞쪽을 톱니처럼 생긴 앞다리로 꽉 누른다. 그렇게 굴러가지 않게 하면, 주인은 경단을 위쪽으로 밀어 올린다.

그렇게 열심히 경단을 옮기다가 알맞은 장소가 발견되면 구멍을 파기 시작한다. 이때, 주인은 옆에 경단을 둔 채 구멍 파는 일을 하는데, 도와주는 녀석은 경단에 달라붙어 꼼짝도 하지 않는다.

주인은 투구와 앞다리를 이용해 모래를 파서 안아다가 뒷걸음질쳐 내버린다. 구멍이 깊어지고 넓어지면 주인이 보이지 않는데, 경단에 달라붙어서 자는 체하고 있던 녀석은 바로 그 순간을 노리고 있다가 경단을 훔쳐서 달아난다.

깜짝 놀란 주인은 곧 냄새와 흔적을 쫓아 도둑을 따라잡는다. 주인이 나타나면 도둑은 동작을 멈추고 도와줄 때처럼 뒷다리로 서서 앞다리로 경단을 껴안는다. 그러면 마치 굴러간 경단을 붙잡고 있는 것처럼 보인다.

경단 주인은 상대방을 철저하게 믿는다. 그래서 두 마리의 쇠똥구리는 아무 일도 없었다는 듯이 다시 경단을 구멍이 있는 쪽으로 굴려간다.

이는 도둑을 뒤쫓아가서 발견했을 때이고, 만일 발견하지 못하면 주인은 경단을 잃고 만다. 땡볕 아래서 똥을 모아 경단을 만들어 운반해 구멍에 저장할 준비가 다 되었을 때 경단을 도둑맞았다면 주인의 심정은 어떠할까? 사람이라면 다시는 일하지 않을 것이다. 그 역시 누군가가 만들어 놓은 경단을 훔치고 싶을 것이다. 하지만 쇠똥구리는 그렇지 않다. 주인 쇠똥구리는 조금도 실망하지 않고, 다시 똥을 찾아가 경단 만드는 일을 시작한다. 녀석들에게는 실망이라는 단어가 통용되지 않는 것이다.

한편, 경단을 굴려 무사히 목적지에 도착한 쇠똥구리는 서둘러 구멍을 판다. 구멍은 대체로 모래 속에 주먹이 들어갈 정도 크기로 만들어지는데, 입구는 경단이 겨우 지나갈 정도의 통로가 마련될 뿐이다. 그 안에 경단을 넣은 다음, 쇠똥구리는 입구 옆에 쌓아 두었던 흙으로 구멍의 출입구를 철저하게 막는다.

나는 그 안에서 일어나는 일이 궁금해서 구멍 속을 관찰해 보았다. 쇠똥구리의 방 안에는 바닥에서 천장까지 경단으로 꽉 차 있었다. 벽과 음식(경단) 사이에는 좁은 통로가 있었다. 구멍 안에는 두 마리가 있을 때도 있지만, 대개 한 마리의 쇠똥구리가 배는 식탁에, 등은 벽에 대고 앉아 있다.

쇠똥구리는 한번 장소를 정하고 앉으면 절대로 움직이지 않는다. 음식은 낭비하지 않고 차례차례 먹는데, 자리를 한번 잡으면 밤낮으로 쉬지 않고 식사를 즐긴다.

모든 음식물을 완전히 먹어 치운 다음, 다시 밖으로 나가서 새로운 경단을 만들기 시작한다.

쇠똥구리가 먹는 양은 엄청나다. 나는 녀석들이 대체 얼마나 먹는지 조사해 보았다. 쇠똥구리 중 한 녀석을 골라 아침 8시 부터 밤 8시까지 관찰해 보았다.

무려 12시간 동안 한 곳에서 움직이지 않고 계속 먹기만 했다. 이튿날 아침에 가보니 쇠똥구리가 없었다. 음식 부스러기가 조금 남아 있을 뿐이었다. 결국 이 대식가는 시계 바늘이 한 바퀴 돌고도 조금 더 움직일 때까지 식사를 한 것이다.

쇠똥구리의 소화 속도 또한 엄청 빠르다. 음식을 먹기 시작했다고 생각했는데, 이미 엉덩이에서 검은 실 같은 똥이 나오기 시작했다. 마지막으로 한 입을 먹고 나자 대변도 멈추었다. 그 검은 실 같은 똥은 빙빙 돌아 마구 쌓였다.

핀셋으로 그 실같은 똥을 잘라 자 위에 펴보았더니 54초마다 3~4밀리미터씩 나왔다. 12시간 정도의 식사 시간 동안 무려 3미터가 넘는 똥실을 만들어 낸 셈이었다.

나는 또 그 무게를 재보았다. 쇠똥구리는 12시간 남짓 음식을 먹고 자신의 크기와 같은 음식물을 소화해 냈으며, 무게 또한 비슷한 수치를 보였다. 쇠똥구리는 굉장한 소화력을 지닌 대식가였다.

작은 호리병처럼 생긴 경단은 뭘까?

6월 중순의 어느 날, 이웃에 살고 있는 양치기가 나에게 달려와서 말했다.

"선생님, 땅속에 이상하게 생긴 게 있어요."

쇠똥구리가 땅 위로 나오길래 살짝 파보았더니 이상한 것이 들어 있더라는 것이었다. 소년이 가져온 것은 갈색으로 작은 호리병처럼 생겼는데, 사람이 만들었다고 볼 수도 없고 곤충이 만들었다고도 여겨지지 않는 이상한 모양새였다.

'도대체 이것은 무엇일까?'

호리병 모양의 그 경단은 하나의 작품이라고 할 만했다. 호기심을 억누를 길이 없어 손가락으로 눌러보았다. 부드러운 곡선미와는 달리, 껍질이 단단한 경단이었다.

'이것을 쇠똥구리가 만들었단 말인가?'

속에 알이나 애벌레가 들어 있을지 모른다고 했더니, 양치기는 분명히 그럴 것이라고 확신했다.

"땅을 파다가 몇 개가 부서졌어요. 그런데 그 속에 보리쌀만 한 흰 알이 들어 있었어요."

나는 믿을 수가 없었다.

'그것이 정말 쇠똥구리 알이었을까?'

나는 호리병 모양의 경단을 잘라서 검사해 보고 싶었다. 하지만 함부로 할 수는 없는 일이었다. 자칫하면 작은 호리병 속의 알이 다칠 수도 있기 때문이었다.

또한 우연히 만들어진 경단일 수도 있다는 생각도 들었다.

'앞으로 이 경단을 두 번 다시 얻지 못한다면?'

나는 결국 그대로 보관하면서 무슨 변화가 일어나는지 기다려 보기로 했다.

이튿날 아침, 나는 양치기와 함께 경단이 발견된 곳으로 가서 쇠똥구리를 찾기 시작했다.

"쇠똥구리는 땅굴을 팔 때 생긴 흙을 구멍 위에 쌓아 둬요. 그래서 찾기가 쉬워요."

양치기가 손으로 구멍을 파기 시작했다. 내가 모종삽을 건네주었다. 쇠똥구리 땅굴을 파는 일은 어렵지 않게 진행되었다. 그 속에 호리병 모양의 경단이 들어 있었다.

양치기와 나는 그것을 본 순간 감격하지 않을 수 없었다. 구멍 속에서 쇠똥구리 한 마리가 호리병 모양의 경단을 소중하게 껴안고 있었던 것이다.

'쇠똥구리가 경단을 만든 게 확실해!'

우리는 오전에 호리병 모양의 경단을 열두 개나 발견했는데, 그중 몇 개에는 어미 쇠똥구리가 곁에 달라붙어 있었다.

나는 7월부터 9월까지 쇠똥구리가 많은 지역을 찾아다니면서 호리병 모양의 경단을 수집했다. 모두 100여 개 정도를 모았는데, 하나같이 비슷한 모양이었다.

쇠똥구리의 구멍은 그다지 깊지 않았다. 완만하게 구부러진 터널의 막다른 곳에 주먹만 한 방이 하나 있는데, 그곳에 쇠똥구리의 알집인 호리병 모양의 경단을 보관하고 있었다.

지하 10센티미터 정도의 깊이에 있는 알은 태양열에 의해 부화 되어 애벌레가 된다. 어미 쇠똥구리는 장차 애벌레가 먹을 빵을 반죽해서 호리병 모양의 경단을 만드는 것이다.

호리병 모양의 경단 중 가장 큰 것은 길이가 4.5센티미터에

폭은 3.5센티미터 정도이며, 작은 것은 길이 3.5센티미터에
폭 2.8센티미터 정도였다.

경단은 마르면 손가락으로 눌러도 찌그러지지 않을 만큼 단
단해진다. 그렇기 때문에 애벌레는 침입자에 대한 걱정 없이
경단 안에서 음식을 먹으며 자랄 수 있다.

'그렇다면 경단은 무엇으로 만드는 것일까?'

어미 쇠똥구리는 애벌레를 위한 빵을 만들 때 매우 세심한
주의를 기울인다. 반죽이 잘되어야 하고 영양이 풍부하면서도
소화가 잘되는 빵을 만들어 주어야 하므로 '양의 똥'을 선택한
다. 양의 똥은 끈기도 있고 부드러워서 호리병 모양의 경단을
만들기에 가장 적합하다.

'그렇다면 알은 경단 속 어디에 있을까?'

나는 당연히 둥글고 볼록한 경단의 중심부에 있을 것이라고
생각했다. 그래서 칼 끝으로 그 부분을 조심스럽게 벗겨 보았
다. 없었다. 경단 중심부에는 애벌레를 위한 음식물만으로 채
워져 있었다.

'알은 그럼 어디에 있는 걸까?'

호리병처럼 생긴 경단의 위쪽 꼭지 부분, 이를 테면 호리병
의 주둥이 부분에 알이 있었다. 경단을 세로로 자르면 꼭지 부

분에 오목한 곳이 있는데, 그 주위의 벽은 거의 완벽하게 손질이 되어 있는 상태였다. 그 방이 쇠똥구리가 알을 낳는 방이었으며, 애벌레가 태어나는 보금자리였다.

알은 길이가 1센티미터에 폭은 5밀리미터 정도였다. 알과 사방 벽 사이에는 약간 틈이 있었다. 다만 한 군데, 꼬리 쪽 끝부분만 천장에 붙어 있다.

'쇠똥구리는 왜 이런 모양의 경단을 만들고, 알은 왜 꼭지 부분에 낳을까?'

나는 궁금하기 짝이 없었다.

애벌레에게 가장 위험한 일은 음식물이 딱딱하게 굳어 버리는 것이다. 한여름에는 태양열이 뜨거워 흙마저 벽돌처럼 단단해지는 경우가 많다. 그런데 애벌레가 먹을 음식이 말라 버리면 굶어 죽을 수밖에 없다. 나는 호리병 모양의 경단이 말라서, 그 안에 있는 애벌레가 죽은 것을 많이 보았다.

어느 날 아침, 나는 경단을 12개쯤 마분지 상자와 나무 상자 속에 넣었다. 그 상자를 뚜껑으로 덮어 바깥 온도와 같고 해가 비치지 않는 작업실에 두었다. 그랬더니 두 상자 속의 알이 죽고 알에서 나온 애벌레도 죽어 버렸다. 그런데 양철 상자나 유리 상자 속에 넣으면 잘 자랐다.

　나는 그 원인을 생각해 보았다. 마분지나 나무 상자의 경우 경단이 머금고 있던 수분을 빨아들이기가 쉽다. 따라서 호리병 모양의 경단은 시간이 흐를수록 딱딱하게 굳어간다. 애벌레가 살 수 없는 환경이 조성되는 것이다.

　하지만 양철이나 유리 상자는 경단의 수분을 흡수하지 않는다. 따라서 경단 속은 항상 부드럽다. 때문에 알과 애벌레는 땅속 구멍에 있을 때처럼 잘 자라는 것이다.

　쇠똥구리는 경단이 말라 버리는 현상을 막기 위한 두 가지 방법을 알고 있었다. 한 가지 방법은 폭이 넓은 앞다리로 경단 바깥쪽을 단단하게 만드는 것이다. 그런 방법으로 껍데기가 보호막 역할을 하도록 장치한다. 껍데기가 상당히 두껍기 때문에, 그 속에 있는 애벌레의 음식은 적당한 수분을 유지해 언제든 애벌레가 먹을 수 있도록 부드러운 것이다.

　쇠똥구리는 가장 작은 크기로 가장 많은 음식을 저장하는 효과적인 모양의 경단을 만들 수 있는 기하학자다. 기하학에서는 공과 같은 모양이 크기에 비해 알맹이를 많이 넣을 수 있는 것으로 기술하고 있다. 쇠똥구리는 마치 그러한 기하학의 원리를 알고 애벌레를 키우기 위한 호리병 모양의 경단을 만드는 것 같았다.

이렇게 해서 쇠똥구리가 경단을 둥글게 만든 이유를 알 수 있었다. 그런데 애벌레를 위한 경단은 완전한 모습의 원형이 아니라 호리병과 같은 생김새를 가졌다.

'그렇다면 호리병의 꼭지에 해당되는 부분은 어떤 역할을 하며, 또 어떤 효과가 있는 것일까?'

꼭지 부분에는 애벌레를 위한 방이 있으며, 머지않아 애벌레가 될 알이 살고 있다. 그런데 생명을 유지하기 위해서는 호흡에 필요한 공기가 있어야 한다. 하지만 경단 한가운데는 워낙 단단하게 다져져서 공기가 통하지 않는다. 여러 가지 면에서 경단 꼭지 부분은 경단의 중심부와 차이가 있었다. 볼록 튀어나와 공기와의 접촉면이 넓으며, 껍질도 단단하지 않아서 통풍이 자유롭다. 그러한 이유 때문에 알을 넣어 두는 장소로 선택된 것이다.

한편, 알이 애벌레로 자라기 위해서는 열이 필요하다. 쇠똥구리는 태양열로 데워진 땅이 달걀을 품어 주는 암탉 역할을 한다. 쇠똥구리는 알의 효과적인 부화를 위해서 경단 꼭지 부분에 알을 낳는 것이다.

또 한 가지 궁금한 것이 있었다. 그것은 호리병 모양의 경단을 쇠똥구리가 어떻게 만드느냐 하는 것이었다.

경단은 그 독특한 모양 때문에 다른 먹이들처럼 땅에 굴려서 만들 수가 없다. 그래서 쇠똥구리는 마치 조각가처럼 지하실에 틀어박혀 모아 놓은 똥으로 작품을 만드는 것이다.

경단의 재료는 두 가지 방법으로 얻는다.

그중 하나는 똥이 쌓여 있는 곳에서 한 덩이를 떼어 낸 다음, 그 자리에서 반죽하는 것이다. 운반을 위해 자신의 식량과 같은 둥그런 모양으로 만든다.

다른 한 가지 방법은, 재료인 똥 무더기 옆에 구멍을 파는 것이다. 하지만 이 방법을 이용하려면 조건이 맞아야 한다. 똥 주변의 흙이 부드러울 때에만 가능하기 때문이다.

나는 호리병 모양의 경단을 만드는 과정을 보고 싶었다. 그래서 쇠똥구리가 살고 있는 들판으로 나갔다. 얼마 지나지 않아 경단을 만들고 있는 어미 쇠똥구리를 잡았는데, 어미 쇠똥구리는 마침 몸통에 해당되는 부분을 완성하고 있었다.

만일을 대비해 체로 친 부드러운 흙을 큰 병에 넣어 가져갔던 나는, 어미 쇠똥구리와 똥 경단을 그 속에 넣었다. 그리고는 어두운 곳으로 옮겨 관찰하기로 했다.

어미 쇠똥구리는 곧바로 작업을 하기 시작했다.

'왜 경단을 부수거나 잘라서 흩어 놓을까?'

처음에는 갑자기 변한 주변 환경 때문에 어미 쇠똥구리가 당황한 나머지 보이는 행동으로 짐작했다. 하지만 아니기 때문이었다. 똥에서 굴려온 그 경단은 알을 낳을 만큼 정성들여 만든 것이 아니었다. 따라서 조금씩 나누어 다시 검사를 하면서 알이 살 수 있는 경단을 새로 만드는 것이었다.

쇠똥구리는 작업을 하다가 한 줄기의 빛이라도 들어오면 즉시 일을 멈추었다. 경단에 살을 붙이려면 완전한 어둠 속이어야만 가능한 듯 싶었다.

'쇠똥구리가 일하는 모습을 관찰할 수는 없을까?'

그 모습을 보려는 나에게는 빛이 필요했다. 그래서 한 가지 장치를 생각해 냈다. 우선 입이 큰 병 바닥에 4~5센티미터 두께로 흙을 깔았다. 또한 그 위에는 삼각대를 세우고, 병과 같은 지름의 둥근 전나무 판자를 얹어 놓았다. 그리고 둥근 판자 가장자리에는 쇠똥구리와 경단이 지나갈 수 있는 초승달 모양의 구멍을 만들어 놓았으며, 뚜껑이 된 둥근 판자 위에 흙을 넣어 병 입구까지 채웠다.

흙이 구멍을 통해 아랫방으로 떨어져 넓은 빗면이 되었다.

'쇠똥구리가 통로를 발견하면 빗면을 통해 자리를 잡겠지?'

하지만 쇠똥구리는 방이 캄캄해야 그곳으로 갈 것이다. 나는 마분지로 원통형의 덮개를 만들어 병에 씌웠다. 병은 이제 완전한 어둠 속에 있는 셈이었다. 물론 덮개를 걷어 내면 빛이 들어갈 것이다.

나는 들에 가서 경단을 껴안고 구멍으로 막 들어간 쇠똥구리를 잡아, 내가 만든 장치 안에 넣었다. 경단과 함께 윗부분의 흙에 넣고는 덮개를 씌운 것이다.

이튿날, 쇠똥구리는 어느새 판자에 나 있는 구멍을 찾아 아래쪽으로 들어가 유리 집에 자리를 잡고 있었다.

'거칠게 만들어 가져온 경단에 앞다리를 얹어놓고 꼼꼼한 작업을 하고 있구나.'

그러다가 갑자기 빛이 비치자 쇠똥구리는 꼼짝하지 않고 서 있다가 위쪽의 어두운 방으로 가 버렸다. 나는 얼른 덮개를 씌워 주었다.

이튿날, 세 번째로 관찰해 보았다. 호리병 모양의 경단이 거의 완성 단계였다. 입이 열린 자루 같던 목이 닫혀 있는 것으로 미루어, 쇠똥구리는 이미 그 속에 알을 낳았을 것이다. 이제 마무리 작업만 하면 모든 일은 완전히 끝나는 셈이었다.

어른 벌레가 되려는 애벌레

나는 알을 만드는 광경은 보지 못했으나 충분히 짐작을 할 수는 있었다. 볼록한 데는 다리로 눌러서 얇은 판자처럼 편편한 모양을 만들었을 테고, 입구를 좁혀 가면서 홈처럼 생긴 방을 만들었을 것이다. 쇠똥구리는 거기에 알을 낳은 것이다.

쇠똥구리의 알이 애벌레가 되기까지 걸리는 날짜는 정확하지 않다. 태양이 강하게 내리쬐면 5~6일 정도 걸리지만, 보통의 날씨일 경우에는 12일이나 걸린다.

알에서 깬 애벌레는 곧 자기 주위에 있는 음식을 먹는다. 애벌레는 천장 쪽은 구멍이 뚫릴 경우 떨어질 위험이 있기 때문에 방의 바닥부터 먹기 시작한다.

며칠이 지나면 애벌레는 경단의 볼록한 부분으로 들어가게
된다. 애벌레가 경단을 먹어 가다 보면 배 모양의 경단 속에는
둥그런 방이 생긴다.

나는 애벌레의 움직임을 자세하게 관찰하기로 했다. 호리병
처럼 생긴 경단 몸통에 5평방밀리미터의 작은 창을 뚫었다. 거
기에 애벌레의 머리가 보였다.

애벌레는 무슨 일인가 하고 보는 것 같더니 이내 들어가고
하얀 등만 언뜻 보였다. 애벌레가 한 바퀴 도는 순간 내가 뚫
은 창이 갈색의 부드러운 반죽으로 막혔다. 애벌레가 반죽을
가져와 구멍을 메운 것이다.

나는 그것을 치웠다. 그러자 애벌레는 다시 머리를 내밀었다
가 한 바퀴 돌고는 구멍을 메웠다. 한 바퀴 돌고 난 다음 보인
것은 머리가 아니라 엉덩이였다. 그리고 애벌레는 반죽을 가
져다 막은 게 아니라 똥을 싸서 막은 것이다.

나는 계속 구멍을 막는 것을 치워 보았다. 반죽을 15분쯤 놓
아두자 시멘트처럼 단단해졌다. 애벌레는 부서진 경단을 고치
는 재주도 가졌다. 나는 궁금했다.

'애벌레는 왜 자꾸만 구멍을 막을까?'

캄캄한 데서 자란 까닭에 빛이 들어오는 게 싫어서 구멍을

막는 건지 모를 일이었다. 나는 다시 실험을 해 보았다.

'어두운 데서 호리병 모양의 경단에 구멍을 뚫어서…….'

그것을 캄캄한 상자에 넣고 몇 분이 지난 뒤에 살펴보니 구멍이 이미 막혀져 있었다. 애벌레가 어둠 속에서도 집에 뚫린 구멍을 막은 것이다.

'이번에는 경단 속에서 애벌레를 꺼내어…….'

그것을 음식이 충분한 병 속에 넣어 보았다. 그랬더니 음식 덩어리 속에 터널을 만들고 아래쪽을 반구형으로 만들었다.

그런 병 속에 애벌레 몇 마리를 따로 넣어 보았다. 집이 바뀌어도 애벌레는 보통 때처럼 열심히 먹었다.

'애벌레가 재미있는 일을 시작했구나.'

내가 만들어 준 반구형을 발판으로 둥그런 집을 짓기 시작한 것이다. 엉덩이에서 내놓는 똥이 그 재료였다. 애벌레는 부지런히 엉덩이를 움직이며 재료를 붙여 둥그런 천장을 꾸미고 있었다.

어느 애벌레는 병의 벽을 천장의 일부로 사용하기도 했다. 병 속의 집에는 유리창이 생겨서 하루 종일 밝은 빛이 비치는데도 애벌레는 창을 막으려고 하지 않았다.

나는 실험을 통해 확실한 사실 한 가지를 밝혀낼 수 있었다.

'내가 경단에 구멍을 뚫었을 때 애벌레가 악착같이 막은 것은 빛 때문이 아니었다.'

그렇다면 애벌레가 왜 굳이 구멍을 막았는지 궁금했다.

'창 틈새로 들어오는 바람이 싫어서?'

아무래도 그런 이유는 아닌 듯 싶었다. 나는 더욱 골똘히 그 의문점에 대해 생각해 보았다.

'구멍으로 공기가 들어오면 경단의 내부가 딱딱해진다. 그러면 먹을 수가 없다. 그렇게 되면 애벌레는 결국 굶어 죽을 수밖에 없다.'

애벌레는 오직 부드러운 음식을 먹기 위해 갈라진 곳이나 구멍을 철저하게 막았던 것이다.

여유를 되찾은 나는 애벌레의 모습을 자세히 들여다보았다. 쇠똥구리의 애벌레는 피부가 곱고 통통하며, 흰색을 띤다. 속의 소화 기관이 파르스름하게 비칠 정도다. 몸은 활처럼 구부러져 있는데, 구부러진 바깥쪽이 등이다. 머리는 몸에 비해서 작은 편이다. 다리는 길고 튼튼하며 끝이 뾰족한 마디로 되어 있다. 엉덩이는 고리 모양이다. 똥이 나오는 구멍은 단춧구멍처럼 생겼다. 등의 큰 혹과 엉덩이의 흙손은 눈에 잘 띈다.

'애벌레는 나오는 똥을 어디에 버릴까?'

갈라진 틈이 없거나 고칠 데가 없으면 이 문제 해결이 쉽지 않을 것 같지만 그렇지가 않다. 애벌레는 경단이 부서지지 않게 주위에 엷은 막을 남기며 먹는다. 그러면 뒤쪽에 공간이 생긴다. 시멘트 역할을 하는 똥이 그곳을 채우는 것이다.

'애벌레가 태어난 곳이 가장 먼저 똥으로 먼저 채워지고, 그 다음부터는 먹어치운 부분이 차례로 똥으로 메워지는구나!'

결국 시간이 흐르면서 경단의 위쪽은 점점 두꺼워지고 바닥은 점점 얇아진다.

애벌레는 4~5주일이 지나면 다 자란다. 그때가 되면 경단의 몸통이 둥그렇게 패여 있다. 어른 벌레가 될 때까지 잠을 자야 하기 때문이다.

잠을 안전하게 자려면 얇아진 경단을 수리해야 한다. 재료는 얼마든지 마련해 두었으므로, 애벌레는 엉덩이의 흙손을 사용해서 벽이 처음의 2~3배가 되도록 두껍게 바른다.

잠잘 장소가 완벽하게 준비되면, 애벌레는 껍질을 벗고 번데기가 된다. 모양이 좋고 빛깔이 아름다운 쇠똥구리는 한 가지 특이한 점을 갖고 있다. 다른 풍뎅이 무리는 앞다리와 가운뎃다리, 그리고 뒷다리에는 발끝 부분이 있는데, 쇠똥구리의 앞다리에는 발끝 부분이 없다. 쇠똥구리의 앞다리는 정강이로

끝이며, 들쭉날쭉 흙손처럼 되어 있는 것이다.

'본래부터 그런 생김새였을까? 아니면 우연히 없어진 걸까?'

땅 파는 거친 일을 하는 쇠똥구리이지만 걸음도 잘 걷는다. 특히 앞다리는 경단을 굴리며 걸을 때, 그것을 떠받치는 지렛대 역할을 한다.

쇠똥구리의 앞다리는 우연히 없어진 것도 아니다. 내가 관찰한 바에 의하면 쇠똥구리는 불구가 되는 것이다. 땡볕이 내리쬐는 여름이 가고 10월이 되면, 쇠똥구리들은 구멍을 파고 경단을 운반하며, 호리병 모양의 경단을 만드는 일에 정신이 없다. 엄청난 양의 일 때문에 대부분이 불구가 되어 버리는 것이다. 내가 기르는 바구니 속 쇠똥구리들도 불구가 많아져서 네 개의 발을 모두 잃거나 두 개나 하나 남은 녀석을 볼 수 있었다. 겨울잠에 들어갈 무렵에는 불구의 몸이 된 쇠똥구리가 더욱 많이 발견된다.

그렇다고 불구 쇠똥구리들이 성한 쇠똥구리에 비해 둔하게 몸을 움직이는 것은 아니다. 성한 쇠똥구리처럼 빠르게 움직이며, 솜씨 있게 경단을 만든다. 쇠똥구리들은 그 경단을 먹으며, 추운 겨울 동안 땅속에서 편하게 보낼 수가 있다.

어쨌든 새끼들이 번데기 껍질에서 나올 때는 반드시 네 다리에 발끝을 달고 있다.

한편, 쇠똥구리가 번데기에서 어른 벌레가 되기까지 걸리는 기간은 일정하지 않다. 가장 오래 걸리는 것은 33일, 가장 빠른 것은 21일이다. 이는 내가 20번 이상 되풀이해서 관찰한 결과이며, 평균 28일이 걸린다.

번데기가 된 지 4주일이 지나면 쇠똥구리는 마지막 단계의 모양으로 완성된다. 하지만 모양은 어른 벌레일 뿐, 색깔은 완전치 못하다.

번데기 껍질을 벗었을 때 머리와 가슴과 다리는 어두운 빨간색이며, 머리 위의 투구와 톱니 모양의 앞다리는 검은빛을 띤 다갈색이다. 배는 희고 앞날개는 희지만, 약간 노란색을 띠고 있다.

그렇지만 얼마 지나지 않아 점점 짙은 색으로 변해, 결국은 검은 제복을 입은 쇠똥구리가 되는 것이다. 이와 같이 몸의 모양과 색깔이 완전히 어른의 모습을 갖추는 데는 대개 1개월 정도가 걸린다.

호리병 모양의 경단 속에서 살던 어른 벌레는 좁은 공간을 벗어나 세상 밖으로 나와야 한다. 그러려면 단단한 경단을 부수지 않을 수 없다.

그러나 쇠똥구리가 밖으로 나올 수 있을 정도로 자랐을 때는 무덥고 건조한 8월이다. 이처럼 무더운 날, 비가 내리지 않는 다면 호리병 모양의 경단은 벽돌처럼 굳어지고 만다.

8월 어느 날, 나는 들에 나가 어른 쇠똥구리가 들어 있는 경단을 여러 개 채집해 왔다. 딱딱하게 마른 경단을 상자 안에 넣고 지켜보고 있으려니, 경단 속에서 사그락거리는 소리가 일정하게 들렸다.

‘속에 있는 쇠똥구리가 밖으로 나오기 위해 구멍을 뚫고 있는 거야. 투구와 앞다리로 벽을 긁고 있어!’

하지만 2~3일이 지나도 뚫지 못했다. 내가 칼로 두 개의 경단에 구멍을 뚫어 주었는데도 더 이상 크게 만들지 못했다. 그로부터 2주일 후, 경단 속에서 아무 소리도 들리지 않길래 잘라보았더니, 쇠똥구리들은 이미 죽어 있었다.

나는 단단한 호리병 모양의 경단을 축축한 헝겊으로 싸서 유리병 안에 넣어 보았다. 수분이 속까지 스며들었을 때 헝겊을 벗겨보았다. 구멍이 뚫려 있었다. 결국 8월에 내리는 소나기는 쇠똥구리에게 있어서 생명의 단비인 셈이었다.

나는 경단에서 나온 쇠똥구리를 사육 바구니 속에 넣었다. 녀석들이 처음에 하는 일이 무엇인가를 알아보려고 그렇게 한 것이다.

‘아마도 배가 고프겠지? 오랫동안 먹지 못했으니까…….’

바구니 속에 먹을 것을 잔뜩 넣어 주었다. 그런데도 쇠똥구리들은 그것을 거들떠보지 않았다. 녀석들에게 필요한 것은 햇볕이었다.

‘세상에 처음 나온 쇠똥구리들은 어떤 생각을 할까?’

그랬다. 녀석들은 아무 생각도 하지 않았을 것이다. 다만 시간이 조금 더 지나면 녀석들은 경단을 만들고 구멍 파는 일을 시작할 것이다. 목숨이 다하는 날까지…….

노래 잘 부르는 '매미'

나무에 만든 샘

많은 어린이들이 매미 이야기를 들으며 한여름의 무더운 밤 한때를 보내곤 한다. 그 이야기는 물론, 게으름이 사람을 얼마나 비참하게 만드는 것인가를 알려주기 위해 사람들이 지어낸 것이다.

어느 추운 겨울날, 개미가 햇볕에 양식을 말리고 있었다.

"개미님……."

영락없이 거지꼴을 한 매미가 개미 앞에 불쑥 나타나 도움을 청했다.

"배가 고파 죽겠습니다. 먹을 것 좀 주십시오."

매미는 밀알 몇 개라도 얻어 먹을 수 있을 것이라 여겼다. 하지만 천만의 말씀이었다. 개미는 냉정하기 그지없는 말로 배고픈 매미의 복장을 뒤집어 놓았다.

"배가 고프다고요? 하기야 여름 내내 시원한 나무 그늘에서 노래만 불렀으니……. 어쨌든 나는 곡식을 나눠 주고 싶은 생각이 없네요. 그러니 이제 춤이나 추며 살아요. 몸을 움직이면 최소한 춥지는 않을 거 아녜요!"

하고 쏘아붙였다.

매미는 겨울에 사는 곤충이 아니다. 또한 매미는 곡식을 먹지 않는다. 이슬이나 나무의 즙을 먹고 사는 것이다. 그런 매미가 추운 겨울에 배가 고파 개미에게 곡식을 구걸하러 갔다는 것은 말도 되지 않는 이야기다.

매미에 관한 이야기는 고대 그리스에서부터 전해져 내려왔다. 그 옛날 이야기를 이솝이 정리한 것이다. 그런데 매미와 관련된 이야기는 너무나 유명해져 버렸고, '매미에 관한 옳은 이야기'는 사람들에게 거의 알려져 있지 않은 상황이다.

그래서 나는 매미를 관찰하기로 했다. 그래서 억울하게도 나쁜 곤충으로 알려진 음악가 매미의 본래 모습을 사실대로 알리고 싶었다.

여름이면 온 동네가 시끄러울 정도로 우는 곤충이 매미다. 커다란 플라타너스의 너울거리는 이파리에 수백 마리의 매미가 몰려든다.

해가 뜰 때부터 해가 질 무렵까지 매미는 각각의 심포니를 연주한다. 그 소리가 얼마나 시끄럽던지, 머리가 지끈지끈 아플 정도다. 그런 날이면, 나는 조용히 연구할 생각은 엄두도 내지 못한다.

잡념만 머릿속에서 뱅뱅 돌고, 도무지 마음의 안정을 찾을 수가 없는 것이다. 때로 조용한 시간을 보내고 싶어하는 사람들 입장에서 보면 휴식의 방해자임에 틀림없다.

내가 이 집으로 이사 왔을 때, 마당에는 플라타너스나무 두 그루가 있었다. 그런데 그 나무 전체가 매미들의 연주 무대가 된 것이다. 매미와 개미가 서로 접촉을 한다는 것은 누구나 다 알고 있는 사실이다.

그러나 매미가 개미를 찾아가 도움을 청하는 것이 아니라, 오히려 개미가 매미의 도움을 받는다.

매미는 살아 있는 동안 그 어떤 도움도 받을 필요가 없는 곤충이다. 그러나 개미는 다르다. 식량은 충분하지만 물은 그렇

지 않다. 햇볕이 뜨거운 여름철이 되면 모든 습기가 증발해 버리기 때문이다. 개미는 매미에게 마실 것을 구걸하는 차원을 넘어서 아예 빼앗아 버린다.

그렇다면 개미는 어떤 방법으로 매미가 먹고 있는 물을 강탈하는 것일까?

땡볕이 내리쬐는 7월, 무더운 오후가 되면 거의 모든 곤충들은 목이 말라 힘이 떨어진다. 그래서 곤충들은 한 방울의 물이라도 마시기 위해 시들어 가는 꽃이나 잎사귀 위를 부지런히 쫓아다닌다.

하지만 매미는 다르다. 영리한 매미는 아무리 뜨거운 햇살이 내리쬐더라도 목마름 때문에 고통을 받지는 않는다. 나무 그늘에 자리를 잡은 매미는 뾰족한 주둥이로 샘을 파기 시작한다. 쉴 새 없이 노래를 부르면서 나무에 구멍을 뚫는 것이다.

'어리석은 것들! 달콤하고 시원한 샘물이 한없이 솟아나는 샘이 사방에 널려 있는데, 그것도 모르다니…….'

매미는 유리관 모양의 주둥이를 나무 줄기에 들이밀고 달콤한 물을 시원하게 마신다. 흥겨운 노래를 불러가며 여유롭게 목을 축이곤 한다.

나는 그 광경을 한 장면도 빠뜨리지 않고 관찰했다.

‘어, 매미가 위험에 빠질 수도 있겠는데?’

목이 말라 신경이 몹시 날카로워진 곤충들이 떼를 지어 매미 주위를 날아다니고 있었다. 물기가 촉촉한 것을 보고는 매미가 나무에 뚫어놓은 샘(구멍)을 알아차린 것이다.

곤충들이 그곳으로 몰려들 것은 당연한 일이다.

곤충들은 매미가 마시다가 흘린 물을 핥아먹었다. 하지만 그것만으로는 갈증을 해소할 수가 없다.

나는 드디어 장수말벌, 파리, 집게벌레, 땅말벌, 그리고 한 무리의 개미 떼가 그곳을 향해 몰려가는 것을 보았다. 몸집이 작은 곤충들은 매미의 배 밑으로 들어가 물을 마셨다.

마음씨 좋은 성악가 매미는 다리를 들어 목마른 작은 곤충들에게 길을 비켜 주었다. 처음에는 몸집이 큰 곤충들이 재빨리 한 모금씩 빨아먹고는 그곳에서 물러섰다. 하지만 그것도 시간 문제였다. 차례와 체면을 지키던 녀석들이 점점 욕심을 부리기 시작하더니, 모두가 먼저 먹으려고 덤벼들었다.

그 뿐만이 아니었다. 곤충들은 샘의 주인인 마음씨 착한 성악가 매미를 아예 쫓아 버리려고 했다. 그 선봉장이 개미였다. 염치없는 개미가 그 일에 가장 적극적으로 나서는 것이었다.

나는 두 눈을 부릅뜨고 살펴보았다. 개미 몇 마리가 매미의 뒷다리를 깨물고 있지 않는가! 또 날개 끝도 물어뜯고, 등에 올라가서 매미의 더듬이를 뜯기도 했다. 또한 어떤 개미는 매미의 입을 물고 버르적거리며 샘에서 쫓아내려고 했다.

개미에게 시달린 매미는 결국 자신이 파놓은 샘을 포기하고 말았다. 화가 난 매미는 개미들에게 오줌을 한 차례 찍 뿌리고는 멀찌감치 날아가 버렸다.

비록 매미의 오줌 벼락을 맞기는 했지만, 개미들은 생명수가 담긴 샘을 차지할 수 있었다. 이제 개미가 샘의 주인이 된 것이다.

그렇지만 개미들에게는 샘물을 솟아오르게 해 주는 펌프, 즉 매미의 주둥이 같은 장치가 없다. 펌프가 없으니 물을 길어올릴 방법이 없었다. 샘은 자연스럽게 말라가기 시작했다.

"물이 왜 안 나오는 거야?"

개미들은 달콤하고 시원한 물을 얻어먹는 데 도취되었다가 정신이 번쩍 났다. 하지만 이미 소용없는 일이었다.

샘이 완전히 마르자 개미들은 그곳을 떠났다. 새로운 샘을 강탈하기 위해 길을 떠나는 것이다. 또 다른 매미가 파놓은 샘을 찾아서…….

개미와 매미의 만남은 거기에서 끝나지 않는다. 5~6주일 동

안 기분 좋게 나무 그늘에서 노래를 부른 성악가 매미는 수명
이 다해 죽은 다음, 나무에서 떨어지고 만다. 매미의 시체는
이미 햇볕에 바싹 마른 상태다.

"히야, 이거 매미 아냐?"

매미의 시체를 발견한 개미들은 제 몸보다 수백 배나 되는
매미를 조각조각 끊어서 식량 창고로 운반해 간다.

심지어는 아직 목숨이 끊어지지 않은 매미를 사로잡아 퍼득
거리는 날개를 못 쓰게 만든 다음 끌고 가는 경우도 있다.

이렇게 해서 매미와 개미의 관계를 확실히 알 수 있었다.

오줌 뿌리기 선수

‘매미는 과연 언제 나타나는 것일까?’

여름이 시작되면서 일찌감치 서두른 매미의 노랫소리가 가끔씩 들리곤 한다. 그 소리를 듣고 우리는 ‘올해도 여전히 시끄러운 여름을 나게 생겼군!’ 하고 매미의 등장을 알아차린다. 계절로 따진다면 낮이 가장 길다는 ‘하지’를 전후한 시기가 바로 그 무렵이다.

따가운 햇볕이 내리쬐기 시작하면서 우리는 종종 길가에서 엄지손가락 굵기 만한 구멍을 볼 수 있다. 그 구멍이 매미가 살았던 집이다. 즉 매미의 애벌레인 굼벵이가 어른 노릇을 하기 위해 땅속에서 기어 나온 구멍이다. 그 구멍은 대개 햇볕이 잘 비치고 마른 땅인 길가에 있다.

6월 그믐께 나는 매미의 애벌레가 기어 나온 구멍을 관찰한 적이 있었다. 그 구멍이 있던 자리는 곡괭이로 파헤쳐야 할 만큼 단단한 땅이었다. 둥그런 구멍의 지름은 2.5센티미터 가량 되었는데, 다른 곤충들과는 달리 매미가 기어 나온 구멍 주변에는 흙을 파낸 흔적이 전혀 보이지 않았다.

나는 그 이유가 궁금했다. 그리고 얼마 지나지 않아 그 까닭을 알 수 있었다. 매미는 다른 곤충들과 땅을 파는 방향이 다르기 때문이었다. 밖에서 속으로 파 들어가는 쇠똥구리는 파낸 흙이 땅 위에 쌓이지만, 굼벵이는 땅속에서 밖으로 나오므로 구멍 둘레에 흙이 쌓이지 않는 것이다.

나는 매미 구멍의 깊이를 재어 보았다. 대략 40센티미터 가량 되었다. 땅속의 장애물에 따라 다르지만, 굴은 대부분 수직이었다.

'굴속에는 과연 무엇이 들어 있을까?'

아무리 살펴보아도 아무것도 없는 텅 빈 공간뿐이었다. 굴을 파면서 쏟아져 내렸을 흙도 보이지 않았다. 밑바닥은 작은 방처럼 약간 넓게 만들어져 있고, 벽은 미끄러웠다. 다른 굴로 연결된 흔적도 없었다.

‘그렇다면 도대체 흙을 어떻게 처리했단 말인가?’

더욱이 흙이 말라서 구멍 안은 온통 먼지 투성이어야 할 텐데, 윤기 있는 진흙으로 발라져 있었다. 그래서 벽이 헐어 흙더미가 바닥에 쌓일 염려가 없었고, 자신의 보금자리인 땅굴이 메워질 걱정을 하지 않아도 되었다.

굼벵이는 그만큼 집을 짓는 데 많은 정성을 들여 단단하게 만들었다. 껍질을 벗기 위해 땅속에서 나오려는 굼벵이를 건들면 기겁을 해서 구멍 속으로 도망치는 모습을 볼 수 있다. 항상 적을 경계해야 하는 굼벵이기 때문에 땅속과 영원히 작별하는 순간에도 구멍이 막히는 것을 견디지 못한다.

굼벵이 굴은 일회용으로 만든 것이 아니다. 그것은 굼벵이가 정식으로 입주해 살아야 할 건축물이므로 우선 튼튼해야 하고, 안락한 느낌을 주어야 한다. 사람의 경우라면 평생을 살아야 할 살림집이기 때문이다.

굴은 또한 땅 위의 날씨를 알아보는 기상대 역할도 한다. 굼벵이가 밖으로 나갈 만큼 자라면 날씨 상태를 수시로 점검해야 한다. 매미가 되기 위해서는 햇볕이 매우 중요한 역할을 하기 때문이다. 그런데 땅속 30~40센티미터나 되는 깊은 곳에서는 밖의 날씨를 알 수 없다. 구멍은 그 창구 역할을 한다.

'그렇다면 매미의 일생 중 가장 중요한 때는 언제일까?'

그것은 두말할 것도 없이 허물을 벗기 위해 햇살이 따스한 양지 쪽으로 가야 하는 순간이다. 특히 이때는 바깥 세상의 날씨에 많은 영향을 받기 때문이다.

굼벵이는 자신의 위치를 숨기기 위해서 굴의 윗부분을 손가락 하나 두께 만큼 그대로 남겨 둔다.

굼벵이는 또한 윗부분 바로 밑에 잘 손질된 살림방을 하나 마련해 둔다. 만일 밖의 날씨가 나빠서 이사를 연기해야 할 경우 대기실로 사용하기 위한 것이다.

만약 날씨가 좋다는 판단이 되면 굼벵이는 구멍 위쪽으로 올라와 천장의 얇은 흙을 통해 밖의 날씨와 온도를 조사한다. 그렇다면 굼벵이는 왜 그토록 날씨에 신경을 쓰는 것일까?

비가 오거나 습기가 많은 경우 허물을 벗을 때 목숨을 잃을 가능성이 매우 높기 때문이다. 날씨가 좋아지면 굼벵이는 발톱으로 천장을 긁어서 구멍을 뚫고 밖으로 나온다. 아무튼 굼벵이가 굴을 파고 나올 때 생길 수밖에 없는 흙 부스러기가 눈에 띄지 않는 것은 매우 신기한 일이다.

'습기라고는 찾아볼 수 없는 마른 땅에서 시멘트 같은 진흙을 어떻게 만들어 낼까?'

그것 또한 불가사의한 일이었다.

굼벵이는 4년 동안 땅속에 묻혀 있다. 그렇다고 그 긴 세월 동안 자신이 파 놓은 굴에서만 생활하는 것은 아니다.

굼벵이는 나무뿌리에 뾰족한 주둥이를 박고 진을 빨아먹는데, 이 나무에서 저 나무로 옮겨 다닌다.

굼벵이가 필요 없는 흙 부스러기를 처치하기 위해 특별한 방법을 사용하는 것만은 틀림없는 사실이다. 나는 그 비밀을 알아내기 위해 상당한 시간을 투자했다.

땅속에서 밖으로 나오고 있는 굼벵이를 조사해 보았다. 온몸이 흙투성이었다. 대부분 마른 흙이 묻어 있지만, 때로는 습기를 머금은 진흙투성이일 때도 있었다. 굴을 파는 앞발의 발톱은 흙에 묻혀서 있는지조차 알아보기 힘들 정도였다. 다른 발 역시 진흙으로 만든 신을 신은 것처럼 뭉툭해 보였다. 더욱이 등까지 진흙으로 더럽혀져서 굼벵이가 마치 흙탕물을 뒤집어 쓴 것처럼 보이는 것이었다.

'마른 땅을 뚫고 나오면서 어떻게 저럴 수가…….'

먼지투성이로 나올 줄 알았는데, 진흙투성이로 나오니 놀라지 않을 수 없었다. 굴의 비밀이 점점 더 궁금해졌다.

어느 날, 나는 굼벵이가 밖으로 나오는 구멍 입구에서 일하

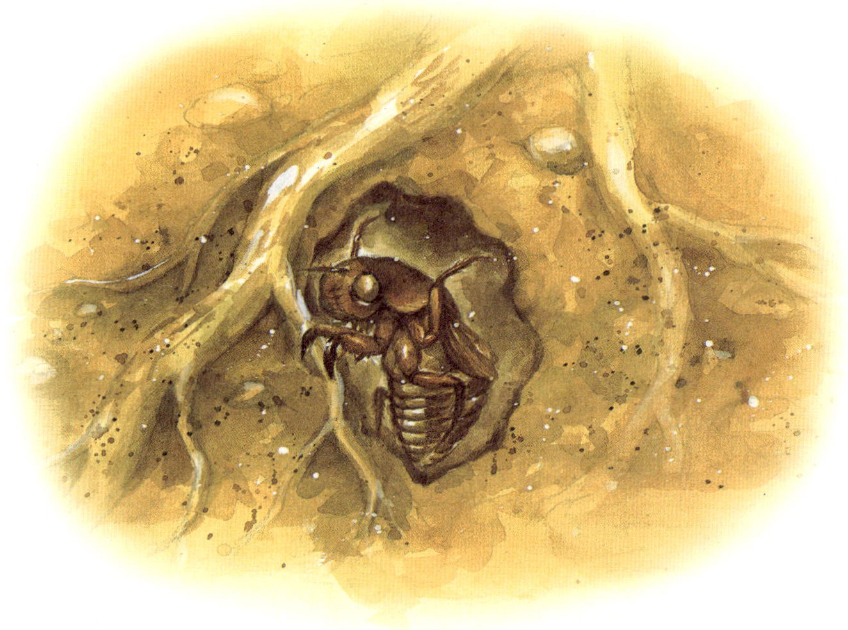

는 것을 발견했다. 먼지도 없는 굴이 3센티미터 가량 파여지고, 그 아래로는 살림방이 마련되어 있었다.

앞서 말했듯이 굼벵이가 세상으로 나오기 위한 굴은 갑자기 만들어진 것은 아니다. 오랜 세월에 걸쳐 만든다. 그것은 굼벵이의 눈의 변화를 보고 알 수 있다. 빛깔이 연하고 앞을 못 보는 굼벵이는 밖으로 나올 준비가 되어 있을 때보다 몸이 훨씬 크다. 물기에 젖어서 퉁퉁 불어 있는 것처럼 보인다.

'창자 속에서 나오는 이 액체는 뭘까, 오줌인가?'

바로 그 물기가 굼벵이가 땅굴을 파는 열쇠인 것이다. 굼벵이는 굴을 파들어가면서 흙에 오줌을 뿌린다. 그 오줌과 흙을 반죽해서 벽에 바르는 것이다. 그렇기 때문에 온몸이 진흙투성이가 될 수밖에 없다.

매미가 된 후에도 몸속의 오줌통을 깨끗이 비우지 않는다. 매미를 잡으려고 할 때 자칫하면 오줌 세례를 받을 수 있다. 오줌을 찍 갈기고는 날아가 버린다. 그 오줌이야말로 매미가 적에게 가할 수 있는 유일한 무기인 셈이다. 애벌레로 땅속에 있을 때나 어른이 되어서도 매미는 오줌 뿌리기 선수다.

'몸속의 물도 오랫동안 굴을 파면 없어지고 말 텐데, 굼벵이는 그 물을 어디서 구하는 것일까?'

나는 곧 그 비밀을 알아냈다. 몇 개의 굴을 조사해 보았더니, 밑바닥의 살림방 벽에 생나무뿌리가 얽혀 있었다. 그 나무뿌리는 굼벵이가 일부러 찾아낸 것이다.

굼벵이는 살림방을 마련할 때 살아 있는 나무뿌리가 가깝게 있는 곳을 선택한다. 벽에 박힌 그 뿌리가 굼벵이의 샘이다. 목이 마르면 그 샘에 주둥이를 대고 빨아들이기만 하면 되는 것이다. 물주머니가 가득 차면 굼벵이는 다시 일을 한다. 물을 뿌려 벽을 매끄럽게 손질하는 일을 계속하는 것이다.

애벌레 굼벵이의 허물 벗기

굼벵이(매미의 애벌레)가 흙을 뚫고 밖으로 나온 뒤에도 구멍은 그대로 남아 있다. 밖으로 나온 굼벵이는 적당한 나무를 찾아 그곳으로 기어 올라가서 머리를 위로하고, 앞발의 발톱으로 나뭇가지를 꽉 붙잡는다.

그러는 동안 굼벵이는 앞발이 굳어져서 나뭇가지를 흔들어도 떨어지지 않는다. 나무에 단단히 붙은 것이다. 그러다가 시간이 흐르면 등의 가운데 부분이 중앙선을 따라 갈라진다. 동시에 등의 앞부분도 갈라진다. 그 갈라지는 금은 머리에서 등 아랫부분까지 이어진다.

다음에는 눈 달린 곳의 앞이 가로로 갈라지며 빨간 눈이 보이기 시작한다. 커다랗게 갈라진 곳으로는 초록빛 가슴 중간 부분이 드러난다. 매미가 허물을 벗는 일은 그 후로도 계속된다. 머리가 빠져나오고, 몸뚱이가 드러나고, 뒷다리가 나온다. 날개는 물기가 있어서 쭈글쭈글하다. 허물을 벗는 이 첫 단계는 5분쯤 걸린다.

둘째 단계는 시간이 더 오래 걸린다. 이제 매미는 배의 아랫부분만 껍질 속에 들어 있게 되는데, 껍질은 나뭇가지에 붙은 채 달려 있다. 이윽고 매미는 머리를 아래로 하고 몸을 뒤로 젖혀 거꾸로 재주를 넘는다. 색깔도 노란빛을 띤 연녹색으로 변한다. 또 허리에 접혀져 있던 쭈그러진 날개가 팽팽하게 펼쳐진다. 매미는 허리에 힘을 주어 몸을 바로잡는다. 곧 껍질에 박혀 있던 매미의 배 끝이 빠져나온다.

이로써 허물 벗는 일이 끝이 나는데, 30분쯤 걸린다. 껍질에서 완전히 빠져나온 애송이 매미가 제대로 된 빛깔을 띠려면 오랫동안 햇볕을 쬐고 바람을 쏘여야 한다. 껍질에 매달린 매미가 검붉게 변하면 모든 것은 끝나게 된다.

아침 9시에 나뭇가지로 기어 오르기 시작한 굼벵이가 12시 30분쯤이 되어서야 하늘로 날아간다. 굼벵이 때 걸친 껍질은 그대로 나뭇가지에 남아 있었다. 굼벵이에서 매미가 되는데 무려 세 시간 반이 걸린 셈이었다.

'기왕에 시작한 일이니 여름 내내 그칠 줄 모르는 녀석들의 발성 기관에 대해서도 살펴봐야지.'

매미는 참매미, 산매미, 붉은매미, 검정매미, 애매미 등 다섯 종류로 나뉜다. 그중에서 참매미가 가장 크고, 또 가장 많이 알려져 있다. 보통 매미의 발성 기관으로 설명되는 것도 모두 참매미다.

매미 수컷의 뒷발 바로 뒤에 반달 모양의 큰 비늘이 두 장 있다. 오른쪽 것이 왼쪽 것 위에 포개져 있는데, 이것이 바로 소리를 내는 '뚜껑'이다.

나는 그 뚜껑을 들추어 보았다. 그랬더니 좌우 양쪽에 하나씩 두 개의 넓은 구멍이 있었다. 프로방스에서는 이것을 '교회'라고 부른다. 구멍의 앞쪽은 부드럽고 노르스름한 얇은 막으로 막혀 있으며, 뒤쪽은 건조한 얇은 막으로 막혀 있다. 뒤쪽 막을 프로방스에서는 '거울'이라고 한다.

'교회와 거울, 그리고 뚜껑이 노래를 만드는 기관이야.'

사람들은 그렇게 생각한다. 그렇지만 이것은 잘못된 것이다.

거울을 깨뜨리고, 뚜껑을 가위로 잘라 내거나 앞쪽의 노란색 막을 찢어도 노래는 멎지 않는다. 교회는 소리를 크게 하는 장

소리 나는 곳

치일 뿐, 소리를 만들지는 못한다.

소리를 만들어 내는 발성 기관은 다른 곳에 있다. 하지만 그곳은 전문가가 아니면 찾아내기 어렵다.

양쪽 교회 바깥쪽에 배와 등이 연결되어 있는 부분이 있는데, 그 구석에 아주 작은 구멍이 뚫려 있다. 나는 그 구멍을 '창문'이라고 이름지었다.

단춧구멍 같은 그 구멍의 벽은 각막질로 되어 있으며, 구멍은 뚜껑으로 덮여 있다. 그곳을 갈랐더니 소리를 내는 '심벌즈'가 나타났다. 그것은 흰색의 작은 막으로 마치 달걀처럼 생겼다.

'그래, 이 기관이 떨면서 소리가 나는구나!'

나는 매미의 발음 기관에 대한 비밀을 알 수 있었다.

매미는 아침 7~8시쯤부터 노래를 시작해서 저녁 8시쯤이 되면 끝난다. 구름이 많이 끼거나 찬바람이 불면 울지 않는다.

'매미들은 왜 아침부터 저녁까지 노래를 부를까?'

그것은 수컷이 암컷을 부르는 애절함이라고들 말한다.

나는 플라타너스 나뭇가지에 줄지어 있는 매미들을 자주 보았다. 암컷과 수컷이 몇 센티미터 떨어져서 머리를 위로 하고 앉아 있었다. 그 매미들은 나무껍질에 주둥이를 꽂고 나무의 진을 빨아먹었다. 나무의 진을 빨아먹을 때에도 매미들은 노래를 멈추지 않았다.

그늘이 지면 매미들은 나무 둘레를 천천히 돌아서 햇볕을 받곤 했다.

'매미들이 노래를 부르는 것은 정말로 암컷을 애타게 찾는 그리움의 노래일까?'

나는 꼭 그렇게만 생각지 않는다. 매미들이 모여 있는 곳에는 암컷과 수컷이 가까이 있다.

바로 눈앞에 있는 암컷이 그리워서 애절하게 부른다는 것은 우스꽝스러운 말이다. 있을 수 없는 일이다. 오케스트라가 가장 시끄럽게 연주될 때 암컷이 수컷 옆으로 가는 것을 나는 본 적이 없다. 나는 매미가 무엇 때문에 우는지 모른다.

매미는 아주 좋은 시력을 지녔다. 커다란 겹눈은 어디에서 무슨 일이 일어나는지 정확하게 볼 수 있다. 그래서 누구든지 가까이 오면 당장 노래를 멈추고 날아가 버린다.

'매미가 노래하는 뒤에서 몸을 숨기고 이야기하거나 손뼉을 치면 어떻게 될까?'

새라면 깜짝 놀라서 도망갈 것이다. 그런데 매미는 태연하게 앉아서 노래를 계속한다.

매미를 보다 정확하게 알기 위해 이상한 실험을 한 적이 있

다. 나는 마을 축제 때 쏘는 대포를 관청에서 빌렸다. 대포는
두 문이었다. 주변의 가정집 유리창이 깨지지 않도록 모두 열
어 놓게 했다. 앞뜰의 플라타너스 아래에 대포 두 문을 장치
해 놓았다. 이 실험에 참석한 사람은 모두 여섯 명이었다.

나무에서는 매미가 요란하게 소리치고 있었다. 우리는 미리 매미 수를 세어 놓았다.

대포 소리가 '쾅' 하고 요란하게 울렸다. 그러나 나무에서는 아무런 일도 일어나지 않았다. 매미 소리도 변동 없이 그대로 울렸다.

두 번째 대포 소리가 '쾅' 하고 울렸다. 그래도 매미 소리와 수에는 아무런 변동이 없었다. 처음 그대로 매미는 한 마리도 줄지 않았고, 노래 소리도 약해지거나 세어지지 않고 그대로 였다.

'매미는 귀머거리야.'

인정할 수밖에 없는 말이었다. 하지만 '매미는 귀머거리다' 하고 단정하는 것은 뒤로 미루어야겠다.

여러 곤충을 조사해 보면 대개 암컷과 수컷은 아무 소리도 없이 상대방에게 다가간다. 곤충들이 소리치는 것은 암컷을 부르기 위한 것이라고 알려져 있는데, 나는 아직 그 이론에 동의할 수 없다. 나는 베짱이나 청개구리나 매미 등이 소리를 내는 것은, 제 나름대로 삶의 기쁨을 찬양하는 뜻으로 부르는 노래라고 생각한다. 더욱이 4년 동안 땅속 생활을 하다가 매미로 태어났으니 얼마나 기쁘겠는가!

들판의 장의사 ‘송장벌레’

신기한 매장 방법

죽은 들짐승이나 날짐승이 들판에 그대로 흩어져 있다면 보기에 흉한 것은 말할 것도 없고, 시체 썩는 냄새와 전염병 때문에 세상은 사람이 살 수 없는 곳이 되었을 것이다.

'그렇다면 그 시체들은 무엇이 어떤 방법으로 처리하는 것일까?'

걱정하지 않아도 된다. 그런 시체를 치워 주는 청소부는 얼마든지 있기 때문이다. 우선 개미 떼가 가장 먼저 달려올 것이다. 그렇지만 개미들은 시체를 아주 작은 조각으로 나누는 작업을 해야 하기 때문에 많은 시간이 걸린다.

개미가 힘을 모아 작업을 하는 동안, 구더기의 어미인 파리가 들끓게 된다. 그리고 넓적송장벌레와 풍뎅이붙이도 모여든다. 게다가 뱃가죽이 유난히 흰 수시렁이와 늘씬하게 생긴 반날개들도 달려든다. 이러한 벌레들이 썩은 시체 속으로 파고 들어 피를 마시고 살을 뜯어먹는 것이다.

농부들이 밭을 갈 때 목숨을 잃는 들쥐나 개구리, 그리고 도마뱀과 두더지 등을 청소해 주는 특별한 부대가 있다. 곤충 청소 부대 중에서 가장 억세고, 이름도 그럴 듯한 무리가 있는데, 송장벌레가 바로 그들이다.

송장벌레는 시체에 몰려드는 다른 곤충들과는 매우 다르다. 몸에서는 사향과 같은 향기도 약간 풍긴다. 더듬이 끝에는 빨간 단추 같은 장식이 달려 있고, 가슴에는 멋진 플란넬 앞치마를 입었다.

그리고 송장벌레는 딱딱한 날개 위에 술이 달린 빨간 리본을 갖고 있다. 그러니 사람으로 친다면 맵시 좋은 장의사라고 추켜세울 만하다.

다른 벌레들은 시체를 보면 자기 배부터 채우기 위해 정신을 차리지 못할 정도다. 그러나 송장벌레는 다르다. 그들은 자기가 발견한 먹이에 입을 대는 일이 거의 없다.

'송장이 보이면 우선 장사를 지내야 하는 거야.'

송장벌레는 우선 시체를 땅속에 묻는다. 그리고 일정한 시간이 지나면 애벌레의 양식으로 이용한다.

송장벌레는 마치 로봇처럼 동작이 자연스럽지 못할 뿐만 아니라 대단한 느림보다. 하지만 시체가 발견되면 잠시도 지체하지 않고 빠른 동작으로 땅에 묻는다. 누구든지 그 솜씨를 보면 감탄할 것이다.

재빨리 시체를 처리하는 일 솜씨로 보아, 송장벌레는 다른 조무래기 청소부에 비할 바가 아니다. 나아가 머리 또한 영리해서 나무에 매달린 시체라 할지라도 발견하기만 하면 어김없이 땅속으로 끌고 들어간다.

다음은 생물학자 크레르빌이 송장벌레에 관해 밝힌 사실이다.

죽은 생쥐를 발견한 송장벌레는 땅이 너무 딱딱해서 곧바로 장사를 지내지 못했다. 송장벌레는 서둘러 모습을 감추었다. 그리고 얼마 후 친구 몇을 데려와 힘을 합해 생쥐를 묻었다.

송장벌레에게 이런 지혜가 있다는 사실이 참 놀라웠다.
'크레르빌의 보고를 곧이곧대로 믿어도 될까?'
나는 그 사실을 확인하고 싶어서 송장벌레를 관찰해 보기로

했다. 먼저 송장벌레 10여 마리를 잡아야 하는데, 녀석들은 내가 사는 고장에서는 구경하기도 힘든 곤충이었다.

나는 죽은 두더지 30여 마리를 채소 장수에게 구해, 앞뜰에 갖다 놓고 송장벌레가 스스로 찾아오기를 기다렸다.

송장벌레를 꾀어 불러들이는 데는 그다지 오랜 시간이 걸리지 않았다. 후각이 예민한 녀석들이 사방에서 두더지 썩는 냄새를 맡고는 한꺼번에 몰려온 것이다. 송장벌레는 시체가 발견되면 다른 곳으로 옮기지 않고 곧바로 그 부근에 구덩이를 판다. 만일 농부가 괭이질을 하다가 두더지가 찍혀 나오면 아무 데고 휙 던져 버린다.

송장벌레는 제 힘이 닿기만 하면 어떤 동물의 시체라도 땅속에 묻는다. 좋고 나쁜 것을 가리지 않는다. 썩는 동물은 물론, 시장에서 파는 생선까지도 묻는다.

우리 집 앞뜰에 내던져진 썩은 두더지의 냄새를 맡고 송장벌레들이 몰려들었다. 네 마리 중 세 마리는 수컷이고 한 마리는 암컷이었는데, 모두들 시체 아래쪽 땅속으로 들어가 잘 보이지 않았다.

'어? 죽은 두더지가 움직이네!'

그렇다고 두더지가 다시 살아난 것은 아니었다. 시체 밑에서 송장벌레들이 구덩이를 파는 작업을 하고 있기 때문에 움직이는 것처럼 보일 뿐이다.

구덩이를 파던 수컷 한 마리가 밖으로 나와서 두더지 둘레를 한 바퀴 돌아보고, 다시 시체 아래로 기어 들어갔다. 그리고 잠시 후 두더지 시체가 더욱 심하게 움직였다. 또한 시체 주변에는 땅속에서 밀려나온 흙이 자꾸만 쌓였다. 그때마다 시체는 마치 땅속으로 빨려들어가는 것처럼 가라앉고 있었다. 쌓여 가던 흙은 송장벌레들이 모두 밖으로 나오자 가라앉은 시체를 완전히 덮어 버렸다. 송장벌레들이 더 손대지 않아도 시체가 깨끗이 매장된 것이다.

참으로 신기한 매장 방법이었다. 시체 밑으로 들어가서 열심히 구덩이를 파기만 하면 시체는 저절로 가라앉아 매장되는 것이다. 송장벌레들이 가진 도구라고는 억센 발톱과 단단한 등뼈밖에 없다. 다만 그들이 숨기고 있는 매장 비밀이 있기는 하다. 그것은 송장벌레들이 가끔 시체를 흔들어서 부피가 작게 오므라들도록 한다는 사실이다. 그렇게 해서 좁은 구덩이 속으로 큼지막한 시체를 끌어들이는 솜씨를 발휘한다.

아비 구실을 잘하는 수컷들

'이제 땅속에서는 어떤 일이 벌어지는 걸까?'

나는 그것이 궁금해 견딜 수가 없었다.

'그래, 관찰을 해 보는 수밖에 없지!'

송장벌레들이 구덩이 속에 묻은 두더지는 털이 몽땅 빠지고 알몸뚱이만 남아, 마치 돼지 기름덩이처럼 줄어들어 있었다. 고약한 냄새가 코를 찔렀다. 하지만 시체가 있는 땅속 창고는 매우 튼튼했다. 그런데 송장벌레들은 두더지의 알몸뚱이에 입도 대지 않았다. 새끼들에게 물려 줄 유산이기 때문이었다. 어른 송장벌레들은 배가 고프면 시체에서 흘러나오는 썩은 물만 먹는다.

시체 옆에는 송장벌레 암수 한 쌍이 지키고 있었다.

'그렇다면 나머지 수컷 두 마리는?'

어디로 갔나 했더니 땅 위 가까운 곳에서 몸을 움츠리고 있었다. 시체 매장 작업이 끝나면, 으레 암수 한 쌍만 땅속에 있고 나머지는 물러난다.

대부분의 곤충들은 새끼 기르기를 어미에게 맡기고 수컷은 아랑곳하지 않는다. 그런데 송장벌레는 달랐다. 송장벌레 수컷들은 새끼가 누구의 자손이든 상관하지 않고 열심히 일하고 보살핀다.

그들은 어떤 부부에게 어려운 일이 생기면 달려가서 매장 일을 도와주곤 한다. 그리고 일이 끝나면 부부만을 남겨 놓고 사라져 버리는 것이다.

남은 부부는 오랜 시간 동안 힘을 합쳐서 시체를 요리한다. 먼저 시체의 털을 뽑고 새끼들이 먹게 좋을 정도로 삭인다. 그런 다음 그곳에 알을 낳는 것이다. 그러면 알을 깨고 나온 새끼들은 저희끼리 음식을 먹고 자라난다.

알을 낳은 부부는 밖으로 나와 아무런 미련 없이 헤어진다. 5월 말, 2주일 전에 송장벌레들이 두더지를 묻은 구덩이를 파 보았더니, 흐늘흐늘한 애벌레 열다섯 마리가 있는 것을 발견

했다. 송장벌레와 비슷하게 생긴 벌레도 시체 속에 서성거리
고 있었다.

　애벌레의 탈바꿈은 매우 빨랐다. 어두운 곳에서 생활하는 벌

레들처럼 송장벌레의 애벌레도 빛이 희고 몸이 홀랑 벗겨진 장님이었다.

애벌레와 함께 발견된 어른 벌레는 모두 진드기투성이였다. 배에 붙은 것을 솔로 떨면 그 진드기는 송장벌레의 등에 붙어 잘 떨어지지 않았다. 이 기생충들은 장수풍뎅이에게 붙어 사는 진드기였다.

6월 초, 새끼들에게 충분한 먹이를 마련해 준 송장벌레들은 매장하는 일을 쉰다. 할 일이 없어진 것이다. 때문에 나의 벌레장에 있는 송장벌레도 땅속에서 밖으로 나왔는데, 다리를 질질 끌었다. 그 벌레만이 아니라 땅속에서 나온 송장벌레들 모두가 다리 불구자였다.

'왜 그럴까?'

갑자기 다리가 성한 송장벌레 한 마리가 나타나더니 진드기 투성이의 불구가 된 송장벌레에게 침을 놓아 죽였다. 그러더니 친구의 창자를 몽땅 먹어치웠다.

부지런히 일할 때는 평화가 있지만, 놀고 먹을 때는 싸움과 죽음만이 있는 것이다. 할 일이 없으니까 친구의 팔다리를 부러뜨리고 잡아먹기까지 하는 것이다. 이것이 진드기에 시달리고 늙어서 쓸모가 없는 송장벌레의 마지막 모습이다.

송장벌레의 애벌레는 적당한 크기로 자라면 먹이를 떠나 땅 속 깊이 들어간다. 땅속에 틀어박혀 10일이 지난 뒤에 번데기로 변하는 것이다. 그리고 그 번데기는 한여름에 어른 벌레가 되어 나올 것이다.

송장벌레의 지혜로움을 실험할 차례가 되었다.

'송장벌레는 크레르뷜이 이야기한 것처럼 과연 응원군을 청하러 가는 것일까?'

나는 땅바닥과 높이가 같게 벽돌 한 장을 깔고 그 위에 모래를 뿌렸다. 송장벌레가 구멍을 팔 수 없게 하기 위해서였다. 벽돌 둘레는 파기 쉬운 흙으로 되어 있었다.

그 다음에는 죽은 생쥐를 벽돌 한복판에 놓았다. 오전 7시, 송장벌레 세 마리가 생쥐의 시체에 달라붙었다. 암컷 한 마리와 수컷 두 마리였다. 송장벌레들은 생쥐 아래로 기어 들어갔다. 생쥐의 시체가 움직이는 것처럼 보이는 것은 송장벌레들이 생쥐의 시체를 등으로 떠받들고 일한다는 증거였다. 송장벌레들은 벽돌 위에 덮인 모래를 파헤치면서 두 시간 동안 일했지만, 땅 밑으로 가라앉히지 못했다.

송장벌레들은 시체가 놓인 자리가 매장에 적당치 못하다는 것을 알았다. 그러자 수컷 한 마리가 밖으로 나와 시체를 살펴보고 둘레를 한 바퀴 돌더니 부근의 땅을 긁어 보고 돌아갔다. 시체가 움직이기 시작했다.

'녀석들이 시체를 다른 곳에 묻자고 의논한 것일까?'

그렇지 않았다. 시체가 벽돌 한쪽으로 옮겨지는가 싶더니 다시 제자리로 돌아왔다. 세 시간에 걸쳐 시체를 밀거나 잡아당길 뿐이었다.

수컷 한 마리가 다시 나와 벽돌 옆의 파기 좋은 땅을 긁어 보고 돌아갔다. 시체가 파기 좋은 땅 쪽으로 2~3센티미터쯤 밀려갔다. 그렇지만 잠시 후에 시체는 다시 제 자리로 돌아가서 일이 진행되지 않았다.

또다시 수컷 한 마리가 나와서 벽돌 둘레의 파기 좋은 땅을 긁어 보고……. 이렇게 여섯 번째에 가서야 겨우 장소 선택이 결정되고, 송장벌레들은 시체 속으로 들어가 등에 져서 옮긴 다음 시체를 묻기 시작했다.

크레르빌이 보고한 대로 '응원군을 청하러 가는 일은 없다.'고 단정할 수 있었다. 이 실험을 할 때 주변에서 놀고 있는 송장벌레가 네 마리나 있었다. 송장벌레도 다른 곤충과 마찬가지로 본능에 의해 움직이는 것이지, 특별히 지혜를 쓰고 발휘하는 것은 아니었다.

귀뚤귀뚤 '귀뚜라미'

살림집이 필요한 곤충

6월 초순의 어느 날이었다. 나는 귀뚜라미 암컷 한 마리를 주의 깊게 들여다보게 되었다. 내가 발견한 귀뚜라미는 알 낳는 침을 땅에 꽂은 다음 꼼짝도 하지 않고 있었다.

'내가 가까이 다가가서 보는 것도 아랑곳하지 않는구나.'

귀뚜라미는 알을 다 낳은 뒤 흙으로 덮어서 흔적을 남기지 않았다. 이렇듯 조금만 주의를 기울이면 누구든지 귀뚜라미가 알을 낳는 것을 쉽게 관찰할 수가 있다.

4월이나 5월, 모래를 다져서 화분에 넣고 귀뚜라미 한 쌍을 기르면 그런 모습을 볼 수가 있는데, 먹이에도 크게 신경 쓸 필요가 없다. 배춧잎을 이따금 한 조각씩 넣어 주기만 하면 되기 때문이다. 나는 알을 낳은 귀뚜라미의 행동을 지켜보았다. 귀뚜라미는 잠시 쉬고 나서 그 부근을 돌아다니며 계속 알을 낳았다. 24시간 동안 그렇게 알을 낳는 것이었다.

그리고 이틀이 지났다.

'알은 어떻게 되어 있을까?'

나는 화분의 흙을 헤쳐 보았다. 귀뚜라미가 낳은 알이 몇 개씩 한데 모여서 2센티미터쯤 되는 깊이에 곧게 세워져 있었다. 나는 돋보기로 그것을 들여다보고 깜짝 놀랐다.

'세상에! 알이 이렇게 많다니……'

최소한 500~600개쯤 되어 보였다. 하지만 그것이 다 자라 어른이 되는 것은 아니었다. 도중에 죽는 것도 많았다. 3밀리미터쯤 되는 크기의 알은 황금빛을 띠고 있었고, 양쪽 끝이 둥그런 모양이었다.

'작지만 아주 예쁘구나.'

알 꼭대기에는 구멍이 동그랗게 뚫려 있고, 가장자리에 뚜껑 구실을 하는 둥근 모자 같은 것이 있었다.

알을 낳은 지 보름쯤 지났다. 알 앞쪽에 커다란 눈 두 개와 동그랗고 불그레한 검은 점이 보였다. 알 뒤쪽 끝에는 둥근 테 같은 것이 불거져 나왔다.

새끼 귀뚜라미가 속에서 움직이면 불거진 데를 따라 알껍데기 끝이 치켜져서 작은 유리병 뚜껑처럼 옆으로 떨어졌다. 그러면서 새끼 귀뚜라미가 머리를 쑥 내밀었다.

새끼 귀뚜라미가 나와도 껍데기는 미끈미끈해서 찌그러지지 않았다. 갓난 새끼 귀뚜라미는 엄청나게 긴 더듬이와 정강이를 지녔다. 그것들이 밖으로 나오려면 포대기에 싸여 있어야 하는데, 그 포대기를 버리고 나왔다. 도대체 어찌된 일일까? 귀뚜라미의 알은 흙 속에서 깨는데, 며칠밖에 땅속에 머물지 않는다.

어리여치의 경우, 알이 무려 8개월 동안이나 굳은 땅속에 머물러야 한다. 갓난 어리여치는 단단하게 다져진 흙 속의 깊은 데서 나와야 하기 때문에 포대기가 꼭 있어야 한다. 그렇지만 새끼 귀뚜라미는 땅 위에서 가까운 곳에 있기 때문에 밖으로 나오기가 어렵지 않다.

'새끼 귀뚜라미가 알에서 나올 때 벗는 포대기는 어떤 용도로 쓰이는 것일까?'

귀뚜라미 날개 아래에는 흰색의 얇은 날개가 있다. 이것은 쓸모없는 것이다. 그저 날개를 하나 더 가지고 있다는 의미밖에 없다. 그렇지만 필요 없는 이 날개도 조상으로부터 물려받은 유물인 것만은 사실이다.

새끼 귀뚜라미는 알에서 나오면 거의 흰 빛을 띠고 있다. 벼룩보다 약간 큰 이 새끼 귀뚜라미가 땅 위로 나와서 24시간쯤 지나면 몸 색깔이 서서히 검게 변한다. 알에서 갓 나왔을 때의 빛깔은 가슴 둘레에 흰 띠처럼 남아 있을 뿐이다.

새끼 귀뚜라미는 기다란 더듬이로 사방을 살피며 아장아장 걷는가 하면, 마구 뛰기도 한다. 아직 소화 기관이 자리를 잡지 못해 배추도 못 먹는다.

'새끼 귀뚜라미는 대체 무엇을 먹을까?'

나는 새끼 귀뚜라미에게 무엇을 먹여야 좋을지 몰랐다.

열 쌍의 귀뚜라미를 길렀는데, 새끼가 5천~6천 마리나 불어났기 때문이다. 결국 나는 새끼 귀뚜라미를 어떻게 먹여 살려야 할지 몰라서 뒷산에 풀어놓았다.

"너희 마음대로 먹고 뛰어 놀며 살아라."

그런데 이게 웬일인가! 먹음직스러운 먹이를 발견한 도마뱀과 개미들이 떼를 지어 나타났다. 새끼 귀뚜라미를 모조리 잡아먹으려는 것이다.

개미처럼 먹성이 좋은 곤충은 없다. 그런데도 사람들은 개미를 마치 부지런한 일꾼의 본보기라고 떠든다. 알고 보면 악당

중의 대장 노릇을 하는 것이 바로 개미 무리다.

개미를 비롯한 잔인한 강도 곤충 때문에 새끼 귀뚜라미들은 제대로 자라지도 못하고 엄청나게 줄어들었다. 하지만 8월의 무더위 속에서 새끼 귀뚜라미 일부를 발견했다.

"어른처럼 자랐구나!"

무척 반가웠다. 알에서 갓 나왔을 적에 단 흰 띠는 보이지 않았다. 이 새끼 귀뚜라미는 아직 살림집을 갖고 있지 않았다. 내가 놓아 준 새끼 귀뚜라미들은 나뭇잎 그늘이나 돌 밑에 몸을 숨기면서 돌아다녔다. 그런 떠돌이 생활은 가을까지 계속되었다.

"이제부터 조심해야 해."

땅벌들이 귀뚜라미 사냥을 하러 다니는 것이 이 무렵이기 때문이다. 개미의 습격을 용케 피해 살아 남은 땅벌들은 윙윙거리며 새끼 귀뚜라미를 노렸다.

"일찌감치 땅에 구멍을 파고 살림집을 마련해야 하는데……."

새끼 귀뚜라미들은 그렇지 못했다. 그러니 땅벌을 피하기가 어려울 듯 싶었다.

구멍을 파려고 했으면 얼마든지 할 수 있었을 것이었다. 그런데도 떠돌이 생활을 하다가 기회를 놓친 것이다.

10월 말쯤, 귀뚜라미가 살림집을 짓기 시작했는데, 이때는 벌써 추위가 닥쳐오고 있었다. 나는 벌레장의 귀뚜라미를 관찰했다. 귀뚜라미가 구멍을 파는 일은 간단했다.

배추 잎사귀에 가려진 땅에 구멍을 팠다. 들판에서는 귀뚜라미들이 잔디 밑을 이용하지만, 벌레장에서는 널브러진 배추 잎사귀 밑을 이용했다.

'앞발로 진흙을 긁어 구멍을 파는구나.'

그러나 큰 흙덩이를 끌어낼 때는 큰 턱을 사용했다. 뒷다리도 열심히 놀렸다. 벌레장 안의 흙은 파기 쉬워서 두 시간쯤 지나자, 귀뚜라미의 모습은 보이지 않았다.

구멍 속으로 들어간 귀뚜라미는 이따금 뒷걸음질쳐서 입구로 나와 파낸 흙을 평평하게 고르곤 했다. 또, 일이 고단하면 귀뚜라미는 머리를 밖으로 내밀고 더듬이를 놀리다가 다시 들어가서 일을 했다. 구멍은 차차 깊어지고 넓어졌다.

겨울에도 날씨가 좋으면 귀뚜라미는 구멍을 팠고, 봄이 되자 살림집을 손질했다. 평생 동안 살림집을 손질하는 것이 귀뚜라미의 즐거움인 듯싶었다.

귀뚜라미의 노래는 대개 4월부터 시작된다. 처음에는 수줍은 듯이 독창을 하지만, 여기저기에서 노래를 부르면 모아져

교향악이 된다. 특히 잔디 그늘 아래에서는 자주 노래의 향연
이 베풀어진다. 하늘에서는 종달새가 노래를 하고, 귀뚜라미
는 땅에서 화음을 이룬다.

귀뚜라미의 노래는 시골 풍경에 매우 잘 어우러진다. 복잡하
지 않고 단조로운 맛, 그것은 움트는 새싹과 모든 잎이 펴지고
자라나게 하는 거룩한 음악이었다.

'종달새와 귀뚜라미 노래 중에서 어떤 것이 더 아름다운가?'

누군가 내게 그런 질문을 한다면 나는 주저하지 않고 귀뚜라
미 편을 들겠다. 귀뚜라미는 노래 부르는 숫자도 훨씬 많고 소
리도 길다. 이 땅의 싱그러운 대자연에 눈부신 태양이 쏟아질
때 울려 퍼지는 귀뚜라미의 합창은 축복을 뜻한다. 소리의 축
복이 온 누리를 감싸는 것이다.

'귀뚜라미는 어떻게 아름다운 소리를 낼 수 있을까?'

귀뚜라미가 지닌 악기 구조는 복잡하지 않다. 톱니가 달린
활과 떨림의 얇은 막밖에 없다. 생김 또한 단정하다. 귀뚜라미
의 오른쪽 날개가 왼쪽 날개를 포개고 있는데, 모양이 똑같다.
등 부분은 새까맣게 줄기가 뻗쳐서 복잡한 무늬를 이룬다.

나는 귀뚜라미 한 마리를 잡아 날개를 빛에 비추어 보았다.
엷은 갈색이었다. 날개 한쪽에는 주름이 5~6개 잡혀 있는데,

활이 거기에 닿으면 진동이 세진다. 날개에 있는 줄기의 아래 쪽은 톱니 같은 것이 달려 있어서 바이올린의 활 같은 역할을 한다. 거기에 뾰족한 이처럼 생긴 것이 150개 가량 달렸다.

귀뚜라미의 날개는 매우 훌륭한 도구였다. 그것이 바로 악기 구실을 하는 것이었다. 특히 뾰족한 이 같은 것들은 네 개의 고막을 진동시켰다. 귀뚜라미 소리는 매미 소리처럼 시끄럽지도 않고, 또 노래 소리가 멀리 떨어진 데서도 잘 들린다. 소리도 때로는 약하게, 때로는 강하게 난다.

'귀뚜라미는 소리의 강약을 어떻게 조절할까?'

그것은 날개를 많이 접었다, 적게 접었다 하며 조절한다. 또 낮은 소리와 높은 소리는 날개를 배에 힘껏 대거나 약하게 대면서 낸다.

귀뚜라미가 노래를 부르면 그날은 날씨가 좋다는 증거다. 왜냐하면 귀뚜라미는 날씨가 좋은 날만 골라서 노래를 부르는 곤충이기 때문이다.

대자연의 찬미자들!

매미와 귀뚜라미는 천성이 다르다. 매미는 이곳저곳 옮겨 다니기를 좋아하지만, 귀뚜라미는 나들이를 좋아하지 않는다. 또한 매미는 가두어 놓고 기르면 답답해서 금세 죽고 만다. 그런 까닭에서인지 프랑스 남쪽 지방에서는 귀뚜라미를 벌레장에 기르면서 그 소리를 즐긴다고 한다.

귀뚜라미는 오른쪽 날개를 위로 하고 왼쪽 날개를 아래로 하고 있다. 그 날개 위치를 반대로 바꾸어 보았더니 귀뚜라미는 노래를 부르지 않았다.

핀셋으로 날개 위치를 바꾸어 놓으면 귀뚜라미는 기어코 날개를 전과 같은 자세로 되돌려 놓곤 했다. 왼손잡이가 되기 싫은 것 같았다.

'새끼 귀뚜라미를 어릴 적부터 바꾸어 놓으면 어떻게 될까?'

나는 그 실험을 해 보기로 했다.

어느 날, 새끼 귀뚜라미가 껍데기를 벗기 시작했다. 날개가 아직 하얗게 구겨져 있었다. 그러다가 날개가 펼쳐져서 위치를 바꾸어 놓을 좋은 기회를 잡았다.

나는 즉시 날개를 바꾸어 포개지게 했다. 새끼 귀뚜라미의 날개는 겨우 1밀리미터 정도로 아주 작았다. 얼마 뒤에 새끼 귀뚜라미의 몸은 갈색에서 검정으로 바뀌기 시작했다.

날개를 바꾸어 놓은 그 귀뚜라미는 그대로 자랐다. 이로써 처음으로 왼손잡이 귀뚜라미가 탄생한 것이다.

'이 귀뚜라미가 악기를 켤 수 있을까?'

사흘이 지나자 이 귀뚜라미는 처음으로 노래를 부르기 시작했다. 처음에는 소리가 어색했지만 차차 음과 가락을 제대로 뽑아내었다.

그렇지만 나는 이 귀뚜라미에게 속은 것을 알았다. 왼손잡이 상태로 노래를 부르는 줄 알았으나, 어느새 이 귀뚜라미는 날개 위치를 저희 조상이 만들어 준 대로 고쳐 놓았던 것이다. 왼쪽 날개가 도로 오른쪽 날개 밑으로 옮겨져 있었다.

귀뚜라미가 소리를 내는 것은 역시 오른쪽 날개였다. 태어날 때부터 오른쪽 날개를 써서 바이올린을 켜는 것이다. 왼쪽 날개는 연주할 때 쓰이지 않는다.

귀뚜라미의 수컷은 부근에 있는 암컷을 부를 때에도 노래를 아름답게 부른다.

'노랫소리를 듣고 암컷이 찾아갈까?'

매우 흥미로운 일이었다.

내가 기르는 귀뚜라미들은 암컷과 수컷이 따로 살고 있었다. 귀뚜라미들도 암컷은 수줍음을 많이 탔다. 반면에 수컷은 무뚝뚝한 편이었다.

'어느 쪽에서 찾아갈까?'

암컷이 노래를 부르고 있는 수컷에게 찾아갈지, 아니면 수컷이 수줍어 하는 암컷에게 찾아갈지, 도무지 짐작을 할 수 없는 일이었다.

나는 벌레장에 있는 수컷을 밖으로 내놓았다.

'날이 어둑어둑해지면 수컷이 암컷의 살림집으로 찾아가서 결혼식을 올릴까?'

귀뚜라미가 먼 밤길을 찾아간다는 것은 쉬운 일이 아니다. 그랬다가는 집에 찾아오지 못하는 일이 벌어질 수도 있다. 또 귀뚜라미 수컷이 밤길을 걷고 있을 때 무서운 포식자라도 만나면 꼼짝없이 잡아먹힌다.

하지만 수컷은 길을 떠났다.

"내가 좋아하는 색시를 만나러 가는데, 집을 잃든 목숨을 잃든 무엇이 두려워?"

수컷이 이렇게 중얼거리는 듯 싶었다.

나는 용기를 내어 길을 떠나는 수컷을 흥미롭게 지켜보았다.

벌레장에서 나온 수컷은 목적지가 없이 부근을 헤매다가 배춧잎 밑에 쭈그리고 앉아 한숨을 짓는 듯 했다.

나는 요즈음 암컷 한 마리를 가운데 놓고 수컷 두 마리가 싸우는 것도 자주 보았다. 두 마리의 수컷은 서로 맞붙어서 투구를 물어뜯으며 격렬하게 싸웠다. 그러다가 몇 차례 뒹굴더니 힘이 모자라는 수컷이 슬슬 꽁무니를 뺐다. 승리한 수컷은 암컷 둘레를 빙빙 돌면서 기쁨의 노래를 부르기도 했다.

승리자는 노래를 멈추고 신바람이 나서 으쓱거렸다. 그 귀뚜라미는 큰턱 밑에 더듬이를 갖다 대고 침을 발랐다. 그러다가 뒷다리로 허공을 차곤 했다.

암컷은 부끄러운 듯 배춧잎 뒤로 달아나 숨었다. 그러면서 수컷을 몰래 훔쳐보았다. 수컷은 다시 노래를 힘차게 불렀다.

그 소리는 암컷을 달래는 듯 낮은 음이었다.

이윽고 배춧잎 속에 숨어 있던 암컷이 나와 수컷을 맞았으며, 한 쌍이 되어 결혼식을 올렸다.

결혼식을 올린 귀뚜라미 암컷이 알을 낳을 산란기가 되었다. 그런데 이 무렵이 되면 수컷은 암컷에게 이유없이 구박을 심하게 받는다.

암컷에게 물어뜯긴 수컷은 악기도 엉망이 되고, 다리를 다쳐 절뚝거릴 정도로 부상을 당하기도 하며, 심한 경우에는 날개가 찢어지기도 한다. 뿐만이 아니었다. 부부 싸움이 심하면 수컷이 암컷에게 깨물려서 죽기도 한다.

내 벌레장에 있는 수컷들이 암컷에게 죽임을 당한 것을 보았다. 또 수컷이 목숨이 다 해서 죽은 것도 있다. 죽은 수컷 옆에 암컷이 버젓이 있고, 새끼 귀뚜라미는 철없이 놀고 있었다.

나는 벌레장 안에 따로 수컷을 길렀는데, 이 총각 귀뚜라미는 할아버지가 될 때까지 오래오래 살았다. 총각 귀뚜라미는 다른 귀뚜라미보다 갑절이나 더 오래 산 것이다.

'총각 귀뚜라미는 왜 오래 살까?'

암컷을 거느리고 사는 수컷은 아내의 구박에 몸이 쉽게 약해진다. 그러므로 결혼 생활에 신경 안 쓰는 총각 귀뚜라미가 오

래 사는 것이다.

　나는 우리 집 근처에 사는 다른 종류들의 귀뚜라미들도 관찰
해 보았다.

그 귀뚜라미들에게서는 이렇다 할 흥미를 느끼지 못했다. 살림집을 짓지도 않았다. 다른 세 종류의 귀뚜라미들은 잔디 밑이나 흙의 틈서리 같은 데에 들어가서 쉴 곳을 마련했다. 그 귀뚜라미들은 보통 귀뚜라미들과 마찬가지로 노래를 썩 잘 불렀다. 소리는 약간 떨리지만 보통 귀뚜라미들과 별로 다를 바가 없었다.

'녀석들은 어디서 울까?'

나는 자세히 알아보았다.

세 종류 중에서 가장 작은 붉은귀뚜라미는 사람들이 사는 집의 문 앞 또는 나무 그늘에서 울었다. 이 붉은귀뚜라미는 부엌 구석에서도 볼 수 있었다.

붉은귀뚜라미의 소리는 아주 낮아서 귀를 잔뜩 기울이며 들어야 어디서 우는지 알 수 있었다.

집귀뚜라미는 부뚜막이나 벽난로 옆에서도 볼 수가 있다. 우리 마을에는 집귀뚜라미가 없어서 소리를 들을 수가 없다. 그렇지만 들로 나가면 녀석들의 연주를 마음껏 감상할 수 있다.

고요한 여름밤이 되면 긴꼬리가 운다. 귀뚜라미는 낮의 음악가인 반면, 긴꼬리는 밤에 소리를 내는 가수이다.

봄에는 귀뚜라미의 바이올린 연주 음악을 들을 수 있으며,

여름에는 긴꼬리의 노래를 들을 수 있다. 특히 고요한 밤에는 긴꼬리가 감미로운 소리로 노래를 부른다.

긴꼬리는 귀뚜라미의 사촌이라고 말할 수 있다. 같은 귀뚜라미과에 속하기 때문이다.

이 곤충은 몸이 홀쭉하며 희뿌연 색깔을 띤다. 손가락을 대기만 해도 터질 것 같이 연약하다. 주로 떡갈나무나 큰 풀의 잎에서 사는데, 땅에 내려오는 일이 거의 없다. 긴꼬리는 7~10월에 걸쳐서 해질 무렵부터 밤새도록 노래한다.

사람들은 귀뚜라미가 그렇게 노래하는 것으로 생각한다. 그렇지만 주인공은 귀뚜라미가 아니라 긴꼬리다. 긴꼬리의 노래를 귀뚜라미의 노래로 잘못 알고 있는 사람들이 많다.

긴꼬리의 노래는 가락이 조용하다. 그러면서도 여유 있고 가볍게 들린다.

긴꼬리는 조심성이 많은 곤충이다. 조금이라도 수상쩍으면 곧 소리를 낮춘다. 사람의 발자국 소리만 나도 음이 달라질 정도다.

"분명히 이 근처에서 소리가 났는데, 어느새 멀리 날아가 버렸나?"

멀리서 들려오는 게 아니라 소리를 낮추었기 때문에 그렇게

들리는 것이다.

결국 긴꼬리는 사람들의 귀를 속이는 데 뛰어난 재능을 가진 곤충이다. 설령 속지 않았다 하더라도 긴꼬리가 어디 있는지 절대로 알지 못한다. 오른쪽에 있는지 왼쪽에 있는지, 앞에 있는지 뒤에 있는지 도무지 가늠할 수가 없다. 소리를 듣고 긴꼬리를 찾아내는 것은 숨바꼭질하는 것보다 더 어렵다.

나도 처음에는 긴꼬리를 어떻게 잡을지 몰랐다. 희미한 초롱불을 사용해서 가까스로 긴꼬리 몇 마리를 잡아 벌레장에 넣는 데 성공했다.

'자, 이제 관찰해 보자.'

나는 소리로 사람을 잘 속이는 긴꼬리를 살펴보았다. 날개는 양쪽 모두 넓고 바삭거릴 정도로 말랐다. 날개가 지나치게 얇아 믿어지지 않을 정도였다.

'양파 껍질처럼 투명하고 얇은 막으로 되어 있구나.'

긴꼬리는 그 얇은 막을 떨어서 소리를 냈다.

나는 긴꼬리가 목청껏 소리 높여 노래를 부를 때 세밀하게 관찰해 보았다. 그때의 광경은 잊을 수 없다.

얇은 날개가 커튼처럼 높이 추켜 올라가서 닿은 데라고는 안쪽 가장자리밖에 없었다. 이윽고 소리가 낮아졌다.

‘어? 날개를 몸통에 씌우잖아?’

그렇게 하고 노래를 부를 때는 소리가 낮아졌다.

나는 발소리를 죽여서 긴꼬리의 곁으로 가 보았다. 그랬더니 긴꼬리는 어김없이 소리를 낮추었다.

‘날개를 덮었구나.’

나는 귀를 기울였다. 바로 내 곁에서 노래하는데도 먼 곳에서 부르는 소리처럼 들려서 나는 속으로 웃었다. 긴꼬리가 소리를 이용해 사람을 속이는 데 정말 놀랐다.

다른 귀뚜라미들도 날개의 가장자리를 올렸다 내렸다 하면서 소리의 높낮음을 조절했지만, 긴꼬리만큼 잘 속이지는 못했다. 녀석은 가히 소리의 천재라고 할 수 있었다. 들릴락 말락 아주 먼 데서 울려퍼지는 것 같은 소리를 어떻게 낼 수 있는지 의아할 따름이다.

나는 아직껏 긴꼬리만큼 고운 소리로 노래하는 곤충을 보지 못했다. 달빛이 아름다운 8월밤, 나는 이런 날 곧잘 밖으로 나간다. 긴꼬리가 부르는 소리에 끌려서 나간 적이 많다.

‘땅에 귀를 대고 들어 보자.’

나는 긴꼬리가 부르는 노래를 들으려고 땅 위에 몸을 눕히고 귀를 기울였다. 노래가 더 잘 들리는 것 같았다. 끊어질 듯 끊어질 듯하면서도 이어지는 고운 소리였다. 어떤 때는 아름답기 그지없고, 어떤 때는 애처롭기 그지없다.

긴꼬리는 풀포기에 기대어 노래를 부른다.

'아, 아름다운 이 밤!'

땅바닥에 깔개라도 깔고 반듯하게 누워 긴꼬리의 노래를 듣고 있으면, 밤하늘 저 멀리에 반짝이는 무수한 별들도 모두 입을 다물고 귀를 기울이는 것 같다.

'이 세상은 곤충이 있기 때문에 더욱 행복한 거야!'

수많은 곤충들과 오랜 세월을 함께한 나는 늘 그런 생각으로 하루를 마감한다.

● **이해 능력 Level Up!**

1. 이 책 전체 내용에서 '나'라고 한 사람은 누구인가요?

   1) 파브르   2) 노벨   3) 나폴레옹
   4) 링컨   5) 나이팅게일

2. 다음 글은 파브르가 읽고 흥미를 느낀 박물학자 겸 의사 뒤프레가 쓴 논문의 일부입니다. 이 글로 미루어 보아 진노래기벌이 비단벌레를 잡는 이유는 무엇일까요?

> 진노래기벌은 꽃의 꿀만 먹는다. 그런 벌이기 때문에 제 애벌레를 위해서 비단벌레만 잡아들이는 것이다. 비단벌레 종류만 잡아오는 진노래기벌의 사냥 솜씨는 참으로 신기했다.

   1) 자기가 먹으려고
   2) 애벌레에게 먹이려고
   3) 집으로 삼으려고
   4) 심심해서
   5) 비단벌레와 사이가 좋지 않아서

3. 왕노래기벌은 어디에 구멍을 파서 애벌레를 키우며 사나요?

    1) 비탈진 중턱   2) 평평한 땅   3) 나무 둥치
    4) 집 처마 밑   5) 산꼭대기

4. 붉은병정개미는 무엇 때문에 다른 개미집을 습격해서 번데기
   를 빼앗아 올까요?

    1) 겨울철에 먹이로 삼으려고
    2) 힘 자랑을 하느라고   3) 심심해서
    4) 깨어 개미가 되면 제 자식을 삼으려고
    5) 깨어 개미가 되면 노예나 하인처럼 부려먹으려고

5. 붉은병정개미의 눈(시력)은 어떠한가요?

    1) 근시   2) 원시   3) 원시도 근시도 아니고 보통
    4) 장님   5) 색깔을 구별하지 못하는 색맹

6. 다음은 두 마리의 어미 독거미가 싸움을 끝낸 뒤의 상황입니다.
   이 글에서 알 수 있는 독거미의 성격을 골라 보세요.

> 새끼들은 모두 이긴 녀석의 등으로 기어 올라갔다. 이긴 어미 독거미는 아무런 거부의 몸짓도 가하지 않았다. 원수의 새끼들일망정 그 고아들을 거두어 키우려는 것이었다. 두 가족은 그렇게 한 가족이 되었다. 어미 독거미는 친자식이나 의붓자식을 차별하지 않고 등에 업고 다녔다. 새끼들은 그렇게 어미 독거미 등에서 7개월 동안 우글거리며 살았다.

1) 성격이 난폭하다.

2) 모성애가 강하다.

3) 욕심이 많다.

4) 위험을 무릅쓰는 용감한 성격이다.

5) 가족이 많은 걸 좋아한다.

7. 쇠똥구리가 경단을 굴려 갈 때 친구가 나타나 함께 굴려 주는데,
   왜 그럴까요?

1) 잘 보여서 부부가 되려고

2) 전에 도움을 받은 데 대한 보답으로

3) 좀 얻어먹으려고

4) 도와주려고

5) 기회를 보아서 훔쳐 가려고

8. 다음 글을 읽고 쇠똥구리에 대해 바르게 쓴 것을 고르세요.

> 땡볕 아래서 똥을 모아 경단을 만들어 운반해 구멍에 저장할 준비가
> 다 되었을 때 경단을 도둑맞았다면 주인의 심정은 어떠할까? 사람이
> 라면 다시는 일하지 않을 것이다. 그 역시 누군가가 만들어 놓은 경
> 단을 훔치고 싶을 것이다. 하지만 쇠똥구리는 그렇지 않다. 주인 쇠
> 똥구리는 조금도 실망하지 않고, 다시 똥을 찾아가 경단 만드는 일을
> 시작한다.

1) 멍청하다.

2) 도둑맞아도 아무 반응이 없다.

3) 도둑맞아도 실망하지 않고 성실히 일한다.

4) 아무 생각이 없다.

5) 너무 고지식하다.

9. 매미는 언제 나타나서 노래하는지 골라 보세요.

1) 하지가 가까울 무렵인 여름에 나타나서 노래한다.

2) 진달래, 개나리가 필 때 나타나서 노래한다.

3) 봄, 여름 가리지 않고 저 울고 싶을 때 나타나서 노래한다.

4) 가을에 낙엽이 질 때 나타나서 노래한다.

5) 여름에 비가 올 때만 노래한다.

10. 다음 글을 읽고 매미와 개미가 어떤 관계인지 생각해 보세요.

• 샘이 완전히 마르자 개미들은 그곳을 떠났다. 새로운 샘을 강탈하기 위해 길을 떠나는 것이다. 또 다른 매미가 파놓은 샘을 찾아서……

• 매미의 시체를 발견한 개미들은 제 몸보다 수백 배나 되는 매미를 조각조각 끊어서 식량 창고로 운반해 간다. 심지어는 아직 목숨이 끊어지지 않은 매미를 사로잡아 퍼득거리는 날개를 못쓰게 만든 다음 끌고 가는 경우도 있다.

1) 개미와 매미는 서로 도우면서 사이좋게 산다.

2) 매미가 개미의 도움을 받는다.

3) 개미는 매미를 이용하기만 한다.

4) 서로 아무 관계가 없다.

5) 만나기만 하면 싸운다.

11. 다음 글의 (   ) 안에 들어갈 곤충은 무엇인가요?

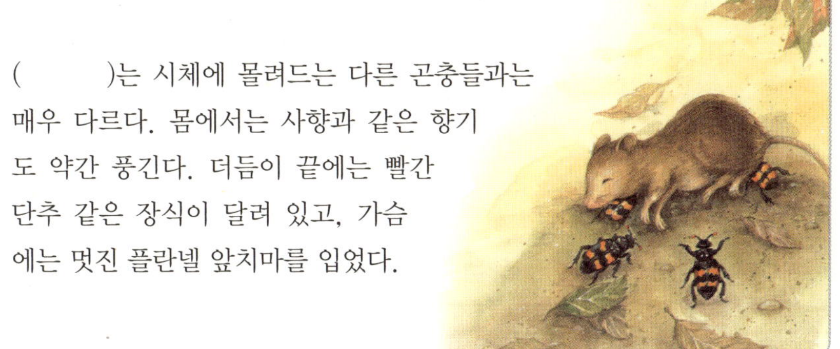

(　　　　)는 시체에 몰려드는 다른 곤충들과는 매우 다르다. 몸에서는 사향과 같은 향기도 약간 풍긴다. 더듬이 끝에는 빨간 단추 같은 장식이 달려 있고, 가슴에는 멋진 플란넬 앞치마를 입었다.

1) 매미　　　　2) 쇠똥구리　　　　3) 개미
4) 송장벌레　　　5) 거미

12. 귀뚜라미는 알을 어디에서 깨나요?

1) 품에 안고 깬다.

2) 굴을 뚫어서 따로 방을 만들어 깬다.

3) 흙 속에 알을 낳고 흙을 덮으면 며칠 만에 깨어 나온다.

4) 은밀한 나뭇잎에서 깬다.

5) 물가에 낳아 놓으면 저절로 깬다.

1. 다음 글을 읽고 『파브르 곤충기』를 지은 파브르는 어떤 인물인지 써 보세요.

> '그래, 곤충을 연구하는 거야!'
> 곤충을 알게 되면서 새로운 희망을 얻은 것이었다. 물론 내가 곤충에 흥미를 느낀 것은 그때가 처음은 아니었다. 어릴 적부터 벌과 나비, 딱정벌레 같은 곤충들을 볼 때마다 이상하게 가슴이 두근거렸다.

2. 파브르는 누구의 영향을 크게 받고 곤충 연구를 시작했나요?

3. 꽃의 꿀만 먹는 진노래기벌은 제 애벌레를 위해 어떤 벌레를 잡아들이는 습성이 있나요?

4. 붉은병정개미는 어떤 감각으로 길을 알아내나요?

5. 독거미가 먹이를 사냥하는 것은 누구를 위한 일인가요?

6. 독거미는 위험한 상대를 만나면 어떻게 죽이나요?

7. 벌의 무기는 무엇이고, 거미의 무기는 무엇인가요?

8. 다음은 쇠똥구리에 대해 설명한 것입니다. 글을 읽고 파브르가
   그렇게 생각한 이유를 찾아 쓰세요.

쇠똥구리는 가장 작은 크기로 가장 많
은 음식을 저장하는 효과적인 모양의 경
단을 만들 수 있는 기하학자다. 기하학에서
는 공과 같은 모양이 크기에 비해 알맹이를
많이 넣을 수 있는 것으로 기술하고 있다.
쇠똥구리는 마치 그러한 기하학의 원리를 알
고 애벌레를 키우기 위한 호리병 모양의 경단
을 만드는 것 같았다. 이렇게 해서 쇠똥구리가 경
단을 둥글게 만든 이유를 알 수 있었다. 그런데 애
벌레를 위한 경단은 완전한 모습의 원형이 아니라
호리병과 같은 생김새를 가졌다.

9. 다음은 매미의 애벌레인 굼벵이의 행동을 설명한 것입니다. (   )
안에 들어갈 말을 쓰고, 굼벵이가 이렇게 행동하는 이유를 알아
보세요.

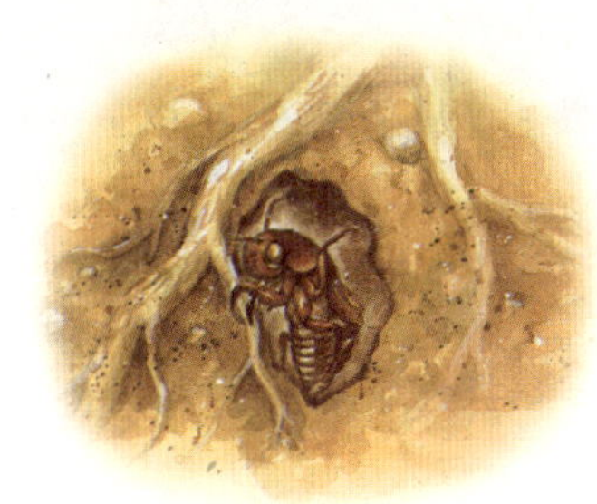

굼벵이는 굴을 파들어가면서 흙에
(   )을 뿌린다. 그 오줌과 흙을 반
죽해서 벽에 바르는 것이다. 그렇
기 때문에 온몸이 진흙투성이가 될
수밖에 없다.

10. 귀뚜라미의 악기 구조는 어떤지 써 보세요.

● **논리 능력 Level Up!**

1. 다음은 나나니벌에 대한 설명입니다. 글을 읽고 나나니벌의 성격
   이 어떤지 나의 성격과 비교해 쓰세요.

> • 거염벌레는 동그랗게 몸을 말더니, 굽혔다 폈다 하면서 세차게 반항
>   했다. 그러나 나나니벌은 침착하게 몸을 옆으로 비키면서 먹이가 깔
>   리지 않게 조심했다.
>
> • 새로운 안식처를 만들기 위해 구멍을 파던 나나니벌은, 해가 질 무렵
>   이 되자 돌로 구멍 입구를 단단히 막은 다음 집으로 돌아갔다.

2. 근시여서 바로 눈앞밖에 보지 못하는 붉은병정개미 한 마리를 무
   리에서 낯선 곳에 떼어 놓으면 어떻게 될지 써 보세요.

3. 벌과 거미의 습성을 비교해 보세요.

4. 간혹 다른 쇠똥구리가 열심히 만든 경단을 함께 나르는 척하다
   훔쳐 가는 경우도 있습니다. 이것에 대해 어떻게 생각하는지 써
   보세요.

5. 개미는 얄밉게도 매미를 이용해 자기 이익을 챙깁니다. 개미의
   행동에 대해 어떻게 생각하는지 쓰고, 그렇게 생각한 이유도 함
   께 써 보세요.

6. 다음 글은 송장벌레가 불구가 된 송장벌레에게 한 행동을 보고
   쓴 글입니다. 만약 우리 사람들도 송장벌레 같다면 어떨지 생각
   해 보세요.

이해 능력 Level Up!

1. 1)	2. 2)	3. 1)	4. 5)	5. 1)
6. 2)	7. 5)	8. 3)	9. 1)	10. 3)
11. 4)	12. 3)			

논리 능력 Level Up!

1. 곤충에 흥미를 가지고 있었고, 연구하는 걸 기쁨으로 아는 사람이다.

2. 프랑스의 박물학자 겸 의사인 레옹 뒤프레이다.

3. 비단벌레

4. 시각(눈으로 보는 감각)이며, 기억력이 뒷받침된다.

5. 새끼를 위해 사냥하는 게 아니라 오직 제가 먹기 위해서이다.

6. 재빠르고 정확하게 상대의 '신경 중추'를 깨물어 즉사시킨다.

7. 벌은 침이라는 무기가 있고, 거미는 독이 있는 두 개의 송곳니를 지녔다.

8. 공과 같은 모양이 크기에 비해 내용물을 많이 넣을 수 있다고 하는 기하학의 원리를 알고 있는 것처럼 호리병 모양의 경단을 만들어 애벌레를 키우기 때문이다.

9. 오줌. 오줌을 누어 흙을 축축하게 하여 땅을 잘 팔 수 있게 만

든다.

10. 복잡하지 않고, 톱니가 달린 활과 얇은 막밖에 없다.

논술 능력 Level Up!

1. 예시 : 나나니벌은 성격이 무척 침착하고 빈틈이 없다. 어려운
    일이 닥칠수록 더욱 정신을 가다듬고 조심스럽게 행동해서 실수
    를 막는다. 나는 평소 급한 성격 때문에 하지 않아도 될 잘못을
    저지를 때가 많다. 특히 시간이 부족할 때는 너무 허둥대서 일을
    그르치곤 한다. 이제부터는 조심스럽고 철저하게 생각해 실수하
    지 않도록 노력해야겠다.

2. 예시 : 찾아가지 못한다. 파브르는 붉은병정개미 한 마리를 대열
    에서 겨우 2, 3미터 떨어뜨려 놓고 실험을 했는데, 결국 엉뚱한
    곳으로 가 버렸다.

3. 예시 : 벌은 전략에 밝고 무기인 침을 잘 쓰며, 거미는 상대를 교
    묘히 속이는 재주가 있다. 벌에게 날개가 있는 대신, 거미에게는
    그물이 있는데 무서운 것은 독이다.

4. 예시 : 남이 열심히 모아 놓은 경단을 빼앗아 가다니, 너무 비겁
    하다. 사람들 중에도 그런 행동을 하는 사람들이 있다. 호시탐탐
    기회를 엿보고 있다가 다른 사람이 갖은 고생 끝에 얻은 것을 손
    쉽게 훔치려고 한다. 이런 행동은 정말 용서받지 못할 행동이라
    고 생각한다. 아무 노력도 하지 않고 무언가를 얻으려는 것이야

말로 가장 좋지 않은 태도이다. 무엇이든 땀 흘려 열심히 일해서 얻어야만 보람도 있고 진정한 자기 것이라고 할 수 있다. 또 열심히 일한 사람이 다른 사람에게 노력한 대가를 빼앗긴다면 그보다 억울한 일은 없을 것이다. 결코 그런 일이 일어나지 않도록 해야 한다.

5. 예시 : 다른 사람을 이용해서 나의 이익을 챙기는 것은 나쁜 일이다. 당장에는 이익이 될 수도 있겠지만, 계속 그렇게 남을 대하다 보면 하나둘 내 곁을 떠날 것이다. 믿음을 줄 수 없기 때문이다. 또 마음을 터놓고 이야기를 나눌 수 있는 친구도 얻기 힘들다. 정말 위급하고 필요한 순간에는 주위에 아무도 남지 않게 될 지도 모른다. 이익이나 손해를 따지기보다는 먼 훗날을 생각해서 진심으로 다른 사람을 대하는 것이 중요하다고 생각한다.

6. 예시 : 친구가 몸을 못쓰게 되었다고 해서 버려두고 심지어 잡아먹기까지 하는 것은 끔찍한 일이다. 만약 사람들도 그렇게 한다면 이 세상은 정말 삭막해질 것이다. 힘이 센 사람들은 끊임없이 약한 사람들이 가진 것을 빼앗으려고 할 것이다. 친구라는 말도 사라질 것이고, 누군가 나를 해치지는 않을지 의심하면서 살게 될 것이다. 그리고 비인간적인 세상이 되어 지옥과도 같이 변할 것 같다.

초등학생이 꼭 읽어야 할 **세계 명작** 시리즈